AF306238

L'ADROITE INGÉNUE,

OU

LA PORTE SECRETTE,

COMÉDIE EN TROIS ACTES,

EN VERS;

Représentée à Paris sur le Théâtre de la Porte St.-Martin, le 16 fructidor an 13.

PAR MM. DUMANIANT ET DESAUGIERS.

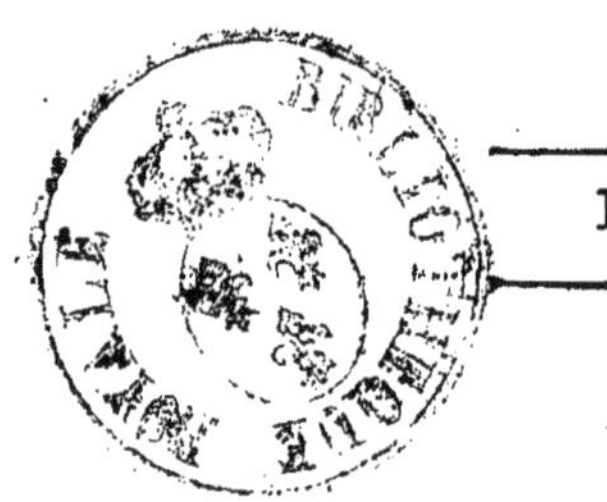

Prix, 1 fr. 20 c.

A PARIS,

Chez Mme. MASSON, Libraire, Éditeur de Pièces de Théâtre, rue de l'Échelle, N.° 10, au coin de celle St.-Honoré.

AN XIV. (1805.)

PERSONNAGES.	ACTEURS.
Mde. VERNEUIL.	MM^{es}. *Lecoutre.*
LAURE, Filleule de Mde. Verneuil.	*Bourdais.*
FRÉDÉRIC, Amant de Laure.	MM. *Philippe.*
DURAND, sous le nom de Gervais.	*Adnet.*
DUPRÉ, Oncle de Laure.	*Fusil.*
LÉONARD, prétendu de Laure.	*Talon.*
ANDRÉ, Paysan, Valet de Frédéric.	*Bourdais.*

La Scène se passe dans un Village près Paris, chez Mde. Verneuil.

Nota. Les Acteurs sont placés au Théâtre comme ils le sont en tête de chaque Scène. Celui dont le nom est écrit le premier, a son interlocuteur à sa gauche; ainsi des autres.

AVIS.

Il n'y a d'Édition avouée par l'Auteur, que celle dont les exemplaires sont signés par l'Éditeur. Elle poursuivra les contrefacteurs conformément à la loi. *Mason*

L'ADROITE INGÉNUE,
O U
LA PORTE SECRETTE,

ACTE PREMIER.

Le Théâtre représente un Jardin. A droite, entre la première et la seconde coulisse de l'avant-scène, une porte cachée par une charmille. A la coulisse au-dessus, du même côté l'entrée de la maison. A la dernière coulisse à gauche, une grille par où entrent tous les personnages qui viennent du dehors.

SCÈNE PREMIÈRE.

Mde. VERNEUIL, LAURE. (*Elles arrivent du fond du jardin*).

LAURE, (*En marchant, à Mde. Verneuil qui la devance*).

Quelque chagrin secret vous trouble et vous agite....
Vous ne m'écoutez pas, et vous marchez si vîte,
Que j'ai peine à vous suivre.

Mde. VERNEUIL.

Eh bien, arrêtons-nous. (*après un silence*).
Laure, plaint les tourmens et le sort des jaloux.

LAURE.

Ils sont bien malheureux, à ce que j'entends dire.

Mde. VERNEUIL.

Je ne te cache rien; tu connais mon martyre.

LAURE.

Mais quel nouveau sujet ?...

Mde. VERNEUIL.

Dans une heure, à midi,

A 2

On donne à Frédéric un rendez-vous ici ;
La lettre, dit André, vient d'une jeune femme.

LAURE, (à part).

Saurait-elle ?

Mde. VERNEUIL.

Conçois le trouble de mon ame ;
Mais j'ai fait échouer ce complot odieux,
En éloignant soudain Frédéric de ces lieux ;
Il est allé porter ma réponse à la lettre
Qu'hier monsieur Gervais est venu me remettre
De la part de Durand : de peur de se trahir,
Il n'a point hésité.

LAURE, (à part).

Comme il a dû souffrir !

(Haut).

Mais sur l'intention que cette lettre annonce,
A ce monsieur Durand quelle est votre réponse ?

Mde. VERNEUIL.

Qu'il faut se mieux connaître avant de s'épouser.
A ses derniers momens aurais-je pu penser
Que monsieur Demorat eût un pareil caprice ?
Faut-il pour hériter que je m'ensevelisse ?
Tiens, lis ce que m'écrit Durand à ce sujet,
Et vois si ce n'est pas vendre cher un bienfait.

LAURE lit.

« Madame, c'est avec douleur que je vous annonce la
» mort de M. Demorat, votre parent et le mien. Cette
» nouvelle inattendue aura droit de vous surprendre ; mais
» ce qui ne vous surprendra pas moins, c'est qu'après avoir
» vécu toute sa vie garçon et solitaire, il vient de faire,
» en notre faveur, le testament le plus original qu'on puisse
» imaginer : il nous lègue une terre qui vaut deux cents
» mille écus, mais à condition qu'un mariage unira mon
» sort au vôtre. M. Demorat n'a pas voulu qu'après sa
» mort cette terre dont toutes les possessions sont contigües,
» et forment un ensemble délicieux, fût divisée entre ses
» héritiers légitimes. Vous et moi, Madame, y avons un
» droit égal ; mais si l'un de nous refuse l'hymen projetté,
» la succession passe à un parent éloigné, qui a des éta-

» blissemens considérables dans les Indes , et qui n'a
» nul besoin de ce surcroît de fortune ».

Mde. VERNEUIL.

Eh bien ?

LAURE.

Si votre cœur eût été libre encore,
Vous auriez consenti ?...

Mde. VERNEUIL.

Non, non, ma chère Laure :
Je suis veuve , il est vrai ; mais riche, sans enfans,
L'intérêt me doit-il gouverner à trente ans ?
D'un sentiment plus doux je reconnais l'empire,
Je sens qu'à mon bonheur il pourrait seul suffire,
Si l'ingrat Frédéric pouvait un jour m'aimer :
Faut-il , pour mon malheur, qu'il ait su me charmer ?
           (avec chaleur).
Il était orphelin ; une vieille parente
S'intéresse à son sort, elle me le présente,
Me vante son esprit, ses talens, sa raison :
Il me fallait quelqu'un pour régir ma maison ,
Je l'acceptai bientôt , j'aimai son caractère
Par mille petits soins, il cherchait à me plaire ;
Dans les moindres détails il prévenait mes vœux
Et quand j'étais contente, il paraissait heureux.

LAURE.

Il me semble avec vous qu'il est toujours le même.

Mde. VERNEUIL.

Sans doute ; mais il feint d'ignorer que je l'aime :
Ah ! que ne puis-je aussi l'ignorer à mon tour !....
Laure, que je rougis de mon fatal amour !....
J'en voudrais triompher : l'effort est impossible....
Je ne me plaindrais pas, s'il était insensible :
Mais André qui l'observe, hélas ! m'a trop appris
Que de quelqu'autre objet Frédéric est épris.
On écrit, il répond ; et, soigneux de se taire,
Il sait s'envelopper des ombres du mystère.

LAURE.

Des rapports d'un valet, pourquoi vous occuper ?

Mde. VERNEUIL.

Il est trop ingénu pour chercher à tromper.

A 5

Laure, reste au jardin, ma rivale peut-être,
Que ma présence éloigne, oserait y paraître.

LAURE.

Mais qui soupçonnez-vous ?

Mde. VERNEUIL.

Mon esprit inquiet
Dans son jaloux transport change souvent d'objet.
Toi-même....

LAURE.

(à part).   (haut).
O ciel !...   Qui. moi ?....

Mde. VERNEUIL.

Frédéric est aimable,
Tu l'auras remarqué, sans être bien coupable,
Et c'est à ce soupçon dont mon cœur est guéri,
Que tu dois le bonheur de trouver un mari.

LAURE.

Que de remercîmens !....

Mde. VERNEUIL.

La dot que je t'assure,
Rend ton futur époux très-pressé de conclure.

LAURE (à part avec humeur).

Quel époux !...

Mde. VERNEUIL.

Il est riche, il n'a pas vingt-huit ans....
Cet hymen a déjà l'aveu de tes parens.

LAURE.

Revenons à l'objet que votre esprit soupçonne.

Mde. VERNEUIL.

Je vois ici souvent une jeune personne....
Frédéric hier au soir lui présente un bouquet....
J'arrive, elle sourit....

LAURE (vivement).

Et lui ?....

Mde. VERNEUIL.

Calme et distrait,
Ne paraît presque pas ému de ma présence.
Juste ciel !.... Seraient-ils tous deux d'intelligence ?
Serais-je leur jouet ? Je hais cette Aglaté....
Avec ses grands yeux bleus et son air affecté....

Je ne sais pas pourquoi l'on prétend qu'elle est belle.
Erreur !....

LAURE.
Sans vous flatter, vous l'emportez sur elle.
Si l'ingrat Frédéric balance entre vous deux,
Oubliez-le, et cherchez à former d'autres nœuds.

Mde. VERNEUIL.
Laure, de ce conseil qui sans doute est fort sage,
Tu penses qu'aisément je pourrai faire usage.
Ah ! puisses-tu long-temps conserver cette erreur
Qui prouve l'innocence et la paix de ton cœur !
Et crois par mon exemple et mon expérience
Qu'il n'est de vrai bonheur que dans l'indifférence.

(*Elle sort*).

SCÈNR II.

LAURE *seule*.

Que dans l'indifférence !.... oh ! je le sens trop bien....
Que j'ai souffert pendant ce pénible entretien :
Seule de son amour je suis dépositaire ;
Et quand sa bouche ici m'en fait l'aveu sincère,
Tout, jusqu'à ses regards, semble me reprocher
Le secret sentiment que je veux lui cacher.
Oui, mon silence même est une perfidie.
Qu'il est cruel d'avoir pour rivale une amie
Dont les soins bienfaisans !... A-t-elle moins de tort ?...
Pourquoi, sans mon aveu, disposer de mon sort ?
Elle aime Frédéric, mais moi, j'en suis aimée.
Ah ! si de ce mystère elle était informée,
Il faudroit renoncer à l'espoir d'être à lui.
Mon malheur est certain : ma cousine aujourd'hui
De cet époux futur m'annonce l'arrivée.
A ce nouveau chagrin suis-je donc réservée ?
Les dangers près de moi semblent tous réunis.

SCÈNE III.

LAURE, DURAND, *sortant de la charmille.*

DURAND.
Nous en triompherons.

A 4

LAURE.

Ciel! nous sommes trahis.

DURAND.

Non, car je savais tout de Frédéric lui-même.
Rassurez-vous. Un cœur s'épanche quand il aime;
Le sien avait besoin d'un guide, d'un ami,
D'un confident enfin... C'est moi qu'il a choisi.
Oui; je sais que l'amour pratiqua cette issue,
Qui de personne ici n'est encore connue;
Je sais qu'elle conduit à son appartement,
Que sa bibliothèque en cache adroitement
La porte à tous les yeux, et que ce stratagême
Lui permet de parler la nuit à ce qu'il aime.

LAURE *avec vivacité.*

Sous mes fenêtres.

DURAND.

Oui.

LAURE.

Voyez à quel détour
Nous réduit ma marraine avec son fol amour!

DURAND.

Eh! tant mieux : le plaisir s'accroît avec l'obstacle.
Se voir quand on le peut librement, beau miracle!
Mais échapper aux yeux de tous les surveillans,
A l'aide d'un billet, s'entendre, quoiqu'absens,
Sortir de sa prison, quand la porte est fermée,
Se réunir enfin à la personne aimée,
Quand son Argus la croit dans les bras du repos,
Voilà ce qui transforme un amant en héros,
Et ce qui de l'amour, même au sein des alarmes,
Éternise à-la-fois la durée et les charmes.

LAURE.

Mais notre intelligence, ignorée aujourd'hui,
Peut éclater demain.

DURAND.

Comptez sur mon appui.

LAURE.

Jusqu'ici le hasard, bien plus que la prudence,
Paraît favoriser notre correspondance.

André qui veut nous nuire, aide tous nos projets,
Et ma rivale même est dans nos intérêts.

DURAND.

Moi, je ne vois rien là de si fâcheux.

LAURE.

Sans doute ;
Mais madame Verneuil épie, observe, écoute.
Toujours la jalousie est prête à soupçonner,
Et l'amour tôt ou tard se laisse deviner.
Je viens de l'éprouver moi-même tout-à-l'heure.
Démasquée, il faudra quitter cette demeure :
De ses yeux, de son cœur m'exilant sans pitié,
Elle me reprendra jusqu'à cette amitié
Dont les sages conseils formèrent mon enfance,
Et dirigent encor mon inexpérience.
Ah ! loin d'elle, Monsieur, qui guidera mes pas ?
Une amie est un bien qu'on ne remplace pas.

DURAND.

Eh ! comptez-vous pour rien l'amant qui vous adore,
Frédéric ?

LAURE.

Frédéric ?... vous ignorez encore
Qu'on a sans mon aveu disposé de ma main,
Que madame Verneuil a formé ce dessein.
Celui qu'on me destine arrive aujourd'hui même,
Voilà ce qui m'effraye.

DURAND.

Et voilà ce que j'aime.
Catastrophe, incident, mariage entravé,
Espoir perdu, rendu, reperdu, retrouvé.
On parle, on crie, on tremble, on rit, on pleure, on gronde,
Et vivat, tout cela finit le mieux du monde.

LAURE.

Mais enfin, quel sera, Monsieur, le dénouement ?

DURAND.

Heureux. Dans nos desseins, aidez-nous seulement,
Et madame Verneuil, loin d'en être jalouse,
Oubliera Frédéric.

LAURE.

Comment donc.

DURAND.

Je l'épouse.

LAURE.

Vous ?

DURAND.

Cela vous surprend ?

LAURE.

Expliquez-vous.

DURAND.

Eh bien,

Je sais votre secret, sachez aussi le mien.
Mon intendance ici n'est qu'un pur stratagême,
Et vous voyez en moi....

LAURE.

Qui donc ?

DURAND.

Durand lui-même.

LAURE.

Quoi! monsieur, vous seriez ?... mais de grace, à quoi bon
Ce travestissement, ce changement de nom ?

DURAND.

Pour voir dans son vrai jour votre aimable marraine,
Juger si son humeur s'accorde avec la mienne,
Et pouvoir en un mot, si l'hymen est rompu,
Partir incognito comme je suis venu.

LAURE.

Frédéric n'est donc pas dans votre confidence ?
Car il vient de partir...

DURAND.

Bien malgré lui, je pense.

LAURE.

Oh! oui; chargé pour vous d'un billet....

DURAND.

Que voici.

LAURE.

Et la réponse ?

DURAND.

Il l'a, car je l'ai faite ici

LAURE.

Où donc est-il allé ?

DURAND.

        Je ne sais, mais je gage
Qu'il n'aura pas été fatigué du voyage.

LAURE.

Quoi ! tout de bon ? c'est vous qui venez épouser
Ma marraine ?

DURAND.

        Oui, je viens pour me voir refuser ;
Mais j'évite, à l'abri du nom que je me donne,
La honte de me voir refuser en personne.

LAURE.

Tâchez donc de lui plaire.

DURAND.

        Oh ! je vous le promets.
Vous, songez bien qu'ici je suis monsieur Gervais,
L'envoyé de Durand, et son homme d'affaires.

LAURE.

Sans doute.

DURAND.

        Croyez-vous que nos deux caractères
Puissent sympathiser ?

LAURE

        Ils sympathiseront.

DURAND.

Je la crois haute.

LAURE.

        Un peu ; mais elle est bonne au fond.

DURAND.

La beauté perd son prix, quand l'orgueil l'accompagne.
Je suis un campagnard....

LAURE *vivement.*

        Elle aime la campagne.

DURAND.

Elle paraît jalouse.

LAURE.

        Oh ! oui ; mais pas de vous.
Épousez-la, Monsieur, ne fût-ce que pour nous.

DURAND *à part.*

Quelle naïveté. (*haut*). J'aime votre marraine,
Je ne le cache pas, vers elle tout m'entraîne ;

Ces nœuds assureraient son bien-être et le mien :
D'ailleurs, elle est encor....

LAURE.

N'est-ce pas qu'elle est bien ?

DURAND.

Très-bien, mais Frédéric est un rival à craindre,
Bien fait, jeune, et de plus des talens....

LAURE.

Il sait peindre,

Il a fait son portrait.

DURAND.

Pour vous le donner ?

LAURE.

Oui

Puis il a fait le mien qu'il a gardé pour lui...
A propos, ce billet que m'écrit ma cousine,
Vous le lui remettrez, afin qu'il imagine ,
        (*Le billet est sous une enveloppe*).
Pour nous rendre au bonheur, quelque nouveau moyen.
Je vous laisse y penser. Un plus long entretien ,
Si l'on nous surprenait, pourrait me compromettre.

DURAND.

Songez bien à mon nom.

LAURE.

Songez bien à ma lettre.

SCÈNE IV.

DURAND *seul.*

Quinze ans, de la candeur, des graces, de l'amour...
Je finirais, je crois, par l'aimer à mon tour,
Si je n'y prenais garde.

SCÈNE V,

DURAND, FRÉDÉRIC *en bottes et en éperons.*

DURAND.

Eh ! quoi ! c'est vous ?

FRÉDÉRIC.

Sans doute.

DURAND.

Mais vous oubliez donc que vous êtes en route ?

FRÉDERIC.

Non, je suis de retour.

DURAND.

Comment ! en un clin d'œil ?

FRÉDÉRIC.

Mais depuis ce matin que madame Verneuil
M'a vu prêt à partir, j'ai couru ventre à terre.
Vingt milles de chemin sont faciles à faire ;
J'avais un bon cheval, je vous ai rencontré,
Et mille autres raisons......

DURAND.

Mais vous aviez André,
Qui de vous démentir serait, ma foi ; capable.

FRÉDÉRIC.

Il n'a rien su, rien vu.

DURAND.

Bon !

FRÉDÉRIC-

Il se donne au diable.
Il ouvre de grands yeux, me fixe, ne dit mot,
Frappe du pied, soupire, et s'en va comme un sot.
Au village élevé, tout ce qu'il trouve étrange
Est l'ouvrage à ses yeux d'un démon ou d'un ange.
Et monsieur, plein pour moi d'un respect singulier,
Me fait par fois l'honneur de me croire sorcier.
Il ne se doute pas que ce matin la lettre,
Qu'à son insçu lui-même est venu me remettre.
Avait pour enveloppe un gant qu'il m'apporta.

DURAND.

Ah ! ça. ne perdez pas la mienne.....

FRÉDÉRIC *montrant le billet.*

La voilà..

Mais, dites-moi, que fait Laure ?....

DURAND.

Elle se chagrine.

L'avis qu'elle a reçu de sa jeune cousine

(Il lui donne la lettre.)

N'est pas très-rassurant, comme vous allez voir.
Un futur vous arrive.

FRÉDÉRIC *après avoir lu.*

ô ciel !

DURAND.

Et dès ce soir.

FRÉDÉRIC *après un moment de silence.*

Je le recevrai, moi.

DURAND.

C'est cela du courage,

Et nous aurons bientôt rompu ce mariage.

FRÉDÉRIC.

C'était sans doute là l'objet de l'entretien
Qu'elle me demandait.

DURAND.

Oh ! nous n'y perdrons rien,

Mon cher, et vous aurez la filleule sans peine,
Si je puis une fois subjuger la marraine.
C'est qu'il est fort heureux d'avoir en même temps
Une femme charmante et six cents mille francs.

FRÉDÉRIC.

Parlez, priez, pressez, sans crainte de déplaire ;
Moi, je jouerai près d'elle un rôle tout contraire.
Plus vos soins assidus lui parleront pour vous,
Plus mon indifférence armera son courroux.
Lorsque de votre amour tout lui peindra l'yvresse,
Moi, je n'affecterai que froideur et tristesse.
Elle comparera, nous jugera tous deux,
Et se décidera pour le plus amoureux.
Mais j'apperçois André.... le babillard s'avance
Par ici, rentrez vîte.

DURAND.

Attention.

FRÉDÉRIC.

Prudence.

(Durand entre dans la maison.)

SCÈNE VI.
FRÉDÉRIC, ANDRÉ.

ANDRÉ *venant par la grille.*

Mon Dieu ! mon Dieu ! mon Dieu !

FRÉDÉRIC.

Qu'as-tu donc ?

ANDRÉ.

Ce que j'ai ?

FRÉDÉRIC.

Sans doute.

ANDRÉ.

J'ai, monsieur, que je veux mon congé.
Si je restais chez vous, je tomberais malade.

FRÉDÉRIC.

Je ne te conçois pas. D'où vient cette boutade ?

ANDRÉ.

Je dépéris, je sèche. Est-il doux pour André,
De votre confiance autrefois honoré,
De se voir tout-à-coup tombé dans la disgrace ?
Tenez, un seul instant, mettez-vous à ma place,
Et vous verrez. . . . .

FRÉDÉRIC.

Faquin. . . . .

ANDRÉ.

Faquin, si vous voulez, ...
Mais du matin au soir, vous venez, vous allez,
Tantôt gai, tantôt triste, et toujours sans rien dire.
On ne sait, avec vous, s'il faut pleurer ou rire.
Ce sont tendres poulets, venant je ne sais d'où,
Disant je ne sais quoi. . . . Bref, je veux être fou
Si dans vos actions et cet obscur manège,
Il ne se mêle pas un peu de sortilège.
Ce matin nous montons à cheval, nous partons,
Zeste, un temps de galop, et crac, nous enfilons
Un chemin de traverse où, le diable m'emporte,
Il fallait être vous pour courir de la sorte.
Une petite auberge est à deux pas de là ;
J'y descends par votre ordre, et tout-à-coup voilà
Que sans vous expliquer, vous m'ordonnez d'attendre

Que dans ce même endroit vous veniez me reprendre.
Je veux savoir pourquoi, vous partez au grand trot,
Et moi, je reste seul à croquer le marmot.
Au bout d'une heure enfin, vous revenez fort aise,
Une lettre à la main qui ne vous en déplaise,
(Tout bête que je snis, je le vois clairement,)
Ne venait pas, monsieur, de votre ami Durand ;
Car un cheval, fut-il même des plus habiles,
Ne saurait en une heure avoir couru vingt milles.
Nous revenons enfin, vous, enchanté, ravi,
Et moi plus sot encor que je n'étais parti.
Que diable ! vivre ainsi, monsieur, ce n'est pas vivre.
Ne pouvoir ni servir son maître, ni le suivre,
Ni deviner, ni voir, ni parler.... c'est trop fort.
Si j'étais femme, hélas ! je serais déjà mort.
A quoi donc pensez-vous ?

FRÉDÉRIC à part.

Le futur est en route.

ANDRÉ.

Vous n'en conviendrez pas, monsieur, mais je m'en doute.
Vous êtes amoureux, et je connais le nom
De votre belle.

FRÉDÉRIC.

C'est......

ANDRÉ.

Madame Verneuil.

FRÉDÉRIC à part.

Bon !....

(Haut.) Ta pénétration, en vérité, m'étonne.

ANDRÉ.

J'ai donc deviné ?

FRÉDÉRIC.

Non.

ANDRÉ.

C'est la jeune personne,

Peut-être ?

FRÉDÉRIC à part.

O ciel ! (Haut.) Qui, Laure ?

ANDRÉ.

Oui.

FRÉDÉRIC,

FRÉDÉRIC.

Non, il n'en est rien.
Je n'y pensai jamais.

ANDRÉ.

Et vous faites fort bien,
Au fait, qu'a d'attrayant mademoiselle Laure ?
On la dit jolie. . . . . Oui, mais en toilette.

FRÉDÉRIC.

Encore ! . . . .

ANDRÉ.

Figure chiffonnée. . . . Elle a de grands yeux bleus. . . . .

FRÉDÉRIC.

Qui n'ont rien de piquant.

ANDRÉ.

Les noirs valent bien mieux.
Quant à l'esprit, ma foi, je crois le sein très-mince.
C'est un de ces bon sens. . . . .

FRÉDÉRIC.

Un bon sens de Province,
N'est-ce pas ?

ANDRÉ.

C'est cela.

FRÉDÉRIC à part.

L'insolent !

ANDRÉ.

En un mot,
Ce n'est pas là, monsieur, la femme qu'il vous faut ;
Mais enfin, vous aimez. Quelle est donc votre belle ?. . .
Attendez donc. . . . j'y suis. . . . C'est pour voler chez elle ,
Qu'à l'auberge tantôt vous m'avez consigné ,
Et ce billet n'était. . . . .

FRÉDÉRIC.

Il est écrit, signé
De la main de Durand.

ANDRÉ.

Mais c'est donc par magie ?
Au diable les sorciers et la sorcellerie !
Ce poulet de tantôt, qui vous a tant ému,
C'est d'un génie encor que vous l'avez reçu,
Car ce n'est pas de moi.

FRÉDÉRIC.

Trois jours de patience
Mon cher, et je te rends toute ma confiance.
(*à part.*)
Étourdi que je suis !... Moi, qui n'ai pas pensé
Au moyen d'envoyer ce billet si pressé
A Laure.

ANDRÉ *à part.*

Qu'a-t-il donc ?

FRÉDÉRIC *à part.*

Et c'est ce matin même
Qu'il doit lui parvenir. Usons de stratagême.
(*Il glisse un petit billet sous l'enveloppe de la lettre
que Durand lui a remise.*)

ANDRÉ.

Que dites-vous donc là tout seul, monsieur ?

FRÉDÉRIC

Tais-toi ;

On approche, c'est Laure et sa marraine.....

SCÈNE VII.

LAURE, Mde. VERNEUIL, FRÉDÉRIC, ANDRÉ.

Mde. VERNEUIL.

Quoi !

Vous voilà de retour, Frédéric ?

FRÉDÉRIC.

Oui, madame.

Mde. VERNEUIL.

Déjà ?

ANDRÉ.

Quand on vous sert, oh ! c'est de cœur et d'ame.

Mde. VERNEUIL.

Mais d'ici chez Durand le trajet est fort long.

ANDRÉ.

Un quart de lieue au plus.....

Mde. VERNEUIL.
Que dis-tu ?
FRÉDERIC *à part.*
Le fripon !
ANDRÉ.
Je me disais tout bas, que pour vous rien ne coûte.
Mon maître et moi, madame, avons brûlé la route.
Mde. VERNEUIL.
Tant de zèle me touche. Eh bien ! monsieur Durand ?...
FRÉDÉRIC.
M'a remis cet écrit pour vous.
ANDRÉ *à part.*
Ah, comme il ment !
Aurait-il imité jusqu'à son écriture ?
Mde. VERNEUIL *à part.*
Fort bien, le rendez-vous a manqué, j'en suis sûre.
(*Elle lit la lettre.*)
FRÉDERIC *à part.*
Si je pouvais remettre à Laure mon billet,
Renfermé dans celui de sa cousine.
Mde. VERNEUIL *lisant et souriant.*
Il est
On ne peut plus galant.
ANDRÉ *à part.*
Ma foi, cela me passe.
LAURE *à part.*
Je n'ose lui parler.
FRÉDERIC *à part.*
Allons, un peu d'audace.
(*Haut.*) A propos, j'oubliais qu'une dame apprenant
Que j'allais près de vous me rendre sur-le-champ,
M'a remis ce billet pour vous, mademoiselle.
LAURE.
(*à part.*) O ciel ! (*Haut.*) Permettez-vous ?....
Mde. VERNEUIL.
Comment se nomme-t-elle,
Cette dame?....
ANDRÉ *à part.*
Ecoutons.

LAURE.
C'est ma cousine.
Mde. VERNEUIL,
Ha ! ha !

ANDRÉ *à part.*
Mais quel homme, mon Dieu, pour les lettres !
Mde. VERNEUIL.
Déjà

Ce cher monsieur Durand en fadeurs s'évertue,
Il m'adore, et pourtant il ne m'a jamais vue.
LAURE *à part.*
Ma rougeur me trahit.
(*Laure lit le billet en se détournant.*)
FRÉDERIC *à part.*
Laure a lu mon billet.
Mde. VERNEUIL,
Sait-il que j'ai trente ans ?
FRÉDÉRIC.
Oui, madame, il le sait.
Les femmes, m'a-t-il dit, coquettes et légères,
Sur cet article-là, sont rarement sincères.
Mais madame Verneuil a des traits et des yeux
Qui seraient de moitié dans ce mensonge heureux.

Mde. VERNEUIL.
Eh bien ! conseillez-moi, quel parti dois-je prendre?
Vous m'aimez. . . . .
FRÉDÉRIC.
J'ai pour vous l'estime la plus tendre.
Mde. VERNEUIL *à part.*
Il me répond toujours de même. (*Haut.*) Verriez-vous,
Avec plaisir, Durand devenir mon époux?
FRÉDÉRIC *à part.*
Que lui dire ?
Mde. VERNEUIL.
Parlez ?
LAURE *à part.*
Quelle contrainte affreuse !
FRÉDÉRIC *lentement.*
Si j'étais assuré qu'il pût vous rendre heureuse. . . .

Mde. VERNEUIL.

Vous me conseilleriez de l'épouser?

FRÉDERIC.

Mais. . . . Oui. . . .

Mde. VERNEUIL *piquée.*

Oui? je l'épouserai.

FRÉDERIC.

Quel bonheur !

Mde. VERNEUIL.

Quoi?. . . .

FRÉDERIC.

Pour lui.

SCÈNE VIII.

LAURE, DUPRÉ, LÉONARD, Mde. VERNEUIL, FRÉDÉRIC, ANDRÉ.

DUPRÉ.

Bon jour, nous arrivons.

Mde. VERNEUIL.

Monsieur Dupré.

DUPRÉ.

Lui-même.

LAURE *à part.*

Ciel !

LÉONARD.

Pour me marier, j'arrive d'Angoulême.

Mde. VERNEUIL *à part.*

Cachons mon trouble.

DUPRÉ.

Allons, ma nièce, embrassons-nous.

LAURE.

De bon cœur.

DUPRÉ.

Je le crois; je t'amène un époux.

LÉONARD.

Laissez donc, vous allez la faire rougir. (*bas.*) Peste !

(*Il passe auprès d'elle.*)

Qu'elle est bien !. . . . . J'en suis fou.

LAURE *à part.*

Le sot ! je le déteste.

DUPRÉ.

Nous serions arrivés une heure au moins plutôt,
Si.....

LÉONARD.

Nos chevaux semblaient s'être donné le mot.
Et notre postillon ! ... bah ! j'avais beau lui dire :
« Allons donc ; allons donc, » il ne faisait qu'en rire :
« Je vais me marier, ma future m'attend. »
Bon ! « me répondait-il, toujours en s'arrêtant,
» Je n'ai pas le plaisir de connaître la belle ;
» Mais vous arriverez toujours trop tôt pour elle. »
Est-il vrai ?

FRÉDERIC.

Non, monsieur, vous arrivez trop tard.

LÉONARD *à Frédéric.*

Bien bon. (*à Laure.*) Vous vous taisez? (*à Dupré.*) Est-ce que
     par hasard
Votre nièce est muette ?

DUPRÉ.

Elle est intimidée.

LÉONARD.

Tant mieux ; cela m'en donne une excellente idée.
(*à Laure.*) « Votre dessein est-il de demeurer garçon,
Me dit monsieur Dupré, l'autre jour? « Ma foi, non,
Lui fis-je ; que je trouve une fille bien née,
Jeune, douce, bien faite, aimable et fortunée,
Je l'épouse. » Parbleu ! répond-il aussitôt,
J'ai votre affaire. « Bon ! » Ma nièce a mot pour mot
Toutes les qualités que votre amour exige. »
Eh bien ! il faut voir ça, papa, lui répondis-je. »
Je presse votre mère ; elle ne dit pas non.
Une chaise de poste, et fouette postillon.
J'arrive, je vous vois jeune, belle, bien faite ;
Bref, vous me convenez.

LAURE.

Vous êtes bien honnête.

LÉONARD.

M'aimerez-vous un peu ?

LAURE.

                    Monsieur, je n'en sais rien.

LÉONARD.

Une fois enchaînés par cet heureux lien,
Qui, de deux tendres cœurs, comme le sont les nôtres,
Par un penchant secret.... Je sais que beaucoup d'autres
Pensent différemment.... car l'estime d'abord....
Quand l'amour, la nature et l'âge sont d'accord....
Fait.... que certainement.... Allons nous mettre à table
Les beaux yeux.... Je me sens un appétit du diable.
(à Dupré.) Et vous ?

DUPRÉ.

                    Quand on voyage, on aime un bon repas ;
Et lorsqu'il fait si chaud, ...

LÉONARD.

                              On a soif, n'est-ce pas ?

DUPRÉ.

Ça, madame Verneuil, votre main, je vous prie.

LÉONARD *à Laure*.

A vous, la belle enfant !..... On n'est pas plus jolie.

LAURE.

Ah ! vous êtes trop bon.

LÉONARD.

                    Non, je suis connaisseur....
Je remarque dans vous certain air de candeur,
Un maintien si décent... qui fait qu'au fond de l'ame ;
Enfin, vous méritez de devenir ma femme.

SCÈNE IX.

FRÉDÉRIC, ANDRÉ.

ANDRÉ.

Il va donc l'épouser ?

FRÉDÉRIC.

Il le dit.

ANDRÉ.

                              Ah ! tant mieux.

FRÉDERIC.
Pourquoi ?

ANDRÉ.
C'est qu'une nôce.... on danse, on est joyeux.
Mariez-vous aussi.

FRÉDERIC.
C'est ce que je veux faire.

ANDRÉ *s'approchant.*
A qui ?

FRÉDERIC *s'amusant de sa curiosité.*
Tu l'apprendras quand tu sauras te taire.

SCÈNE X.

ANDRÉ *en colère.*

Peste soit de mon maître ! . . . il joue un jeu serré ! . . .
Moi, qui suis fin, jamais je ne l'ai pénétré.
Car il a le cœur pris, le fait est authentique ;
Mais quel est donc l'objet ? Morbleu ! cela me pique.
Maîtresse et billets doux, contre nous déchaînés,
Quand saurons-nous enfin, d'où diable vous venez ?

Fin du premier Acte.

ACTE II.

*Le Théâtre représente un salon ouvert par le fond qui
laisse voir le jardin.*

SCÈNE PREMIÈRE.
Madame VERNEUIL, ANDRÉ.

Mde. VERNEUIL *mystérieusement.*
Ils sont encore à table, on ne peut nous surprendre.
(*à part.*) Que va-t-il m'annoncer ?

ANDRÉ *à part-*
Que va-t-elle m'apprendre ?

Mde. VERNEUIL.
Nous pouvons nous parler sans crainte de témoin.

ANDRÉ.

Nous pouvons nous parler? Ah! j'en avais besoin.

Mde. VERNEUIL *à part.*

Aurait-il su le nom que je cherche à connaître?

ANDRÉ *à part.*

Aurait-elle surpris le courrier de mon maître?

Mde. VERNEUIL.

Approche.

ANDRÉ.

Parlons bas.

(Moment de silence pendant lequel ils attendent tous deux la nouvelle qu'ils espèrent apprendre mutuelle-ment.)

Mde. VERNEUIL.

Allons donc, j'attends.

ANDRÉ.

Quoi?

Mde. VERNEUIL.

Que sais-tu de nouveau?

ANDRÉ.

Moi?... rien, et vous?

Mde. VERNEUIL *impatientée.*

Ni moi.

L'imbécille qui vient avec l'air du mystère....

ANDRÉ.

C'est vous qui m'avez dit de vous suivre, au contraire.

Mde. VERNEUIL.

Sans doute. Tu m'as fait pendant tout le dîner,
Vingt signes différens, qui m'ont fait soupçonner
Que tu t'étais instruit par quelque stratagême....

ANDRÉ.

Non, je vous demandais si vous l'étiez vous-même....

SCÈNE II.

Madame VERNEUIL, ANDRÉ, LAURE dans le fond.

Mde. VERNEUIL *à André.*

Eh! que puis-je savoir?... Est-ce dans ma maison,
Que j'aurais découvert ma rivale ou son nom?
Mais toi, qui vas, qui viens, et qui n'as dans ta place

Qu'à t'instruire avec soin de tout ce qui se passe ;
Toi, qu'avec Frédéric, j'ai fait partir exprès,
Pour te donner le temps de sonder ses projets,
Mal-adroit, qu'as-tu fait pendant tout le voyage ?

ANDRÉ.

Rien, car je ne suis pas sorti de ce village.

Mde VERNEUIL.

Quoi ! tu n'as pas été chez monsieur Durand ?

ANDRÉ.

Non,

Défense de le suivre.

Mde. VERNEUIL.

Et pour quelle raison ?

LAURE *à part.*

Tout va se découvrir.

ANDRÉ.

Voilà ce que j'ignore ;
Mais je parierais bien.... Ah ! vous allez encore
Vous fâcher contre moi...

Mde. VERNEUIL.

Non, pour te le prouver,

Tiens, prends. (*Elle lui donne une bourse*).

ANDRÉ.

Je parierais qu'il est allé trouver
Votre rivale, au lieu de porter votre lettre.

Mde VERNEUIL.

Mais celle de Durand qu'il vient de me remettre
Prouve bien le contraire.

ANDRÉ.

Oui, c'est là l'embarras.

LAURE *à part.*

Bon ! ils ne savent rien.

(*Elle se retire vers la porte du fond*);

ANDRÉ.

Mais monsieur n'a-t-il pas
Un esprit familier, un démon à ses gages,
Qui lui porte en secret ses amoureux messages ?

Mde. VERNEUIL, *sans l'écouter.*

Peut-être mon procès, qu'on juge après-demain

L'a chez mon avocat appelé ce matin...
  (*à André.*)
Dis-moi, dans le jardin n'as-tu pas vu de femme?
     A N D R É.
Aucune.
     Mde. V E R N E U I L.
   A Frédéric je veux ouvrir mon ame.
Pour moi l'incertitude est un tourment de plus.
Que j'entende un aveu, que j'éprouve un refus,
N'importe, de mon sort je serai satisfaite,
Je le saurai du moins.
    A N D R É *à part.*
      Elle en perdra la tête.
Mde. VERNEUIL *se retournant voit Laure qui a l'air*
     de venir en rêvant.
Laure, approche, suis·moi.
    A N D R É *à part.*
      Le secret me pesait;
Mais cette bourse-là peut payer un secret.
  (*Ils sortent par une coulisse à droite des acteur*

S C È N E I I I.
L A U R E *seule.*
Ils s'éloignent tous deux. Encore quelque intrigue
Qu'ils trament en secret. Contre nous tout se ligue.
Quel parti prendre, hélas ! Je tremble à chaque instant
Que Frédéric séduit par un zèle apparent
Ne rende à ce valet toute sa confiance;
Mon malheur et le sien suivraient cette imprudence.
Mais comment l'avertir?... sa lettre que je tiens
Ne pourrait-elle pas m'en fournir les moyens?
Comme mon cœur battait quand il me l'a remise !
Si madame Verneuil de mes mains l'avait prise,
C'en était fait. Lisons.
  « Un stratagême heureux nous permet enfin , aimable
» Laure, de nous parler devant tout le monde, sans que
» personne s'en apperçoive. Toutes les fois que vous vou—
» drez vous adresser à moi, vous tiendrez votre éventail
» par les deux extrémités. J'aurai les yeux ouverts sur vos

» moindres mouvemens. Ce signal me rendra attentif. Les
» mots que vous direz alors seront pour moi. A quelque
» intervalle que ces mots soient placés les uns des autres,
» je saurai les recueillir ; et moi je prendrai mon mouchoir
» quand ce que je dirai vous sera adressé ».
            Toi, qui seul lui dictas
Ce stratagême, Amour, ne l'abandonne pas.
Pour bien m'en pénétrer, voyons, lisons encore
Ce qu'il m'écrit.

SCÈNE IV.

LAURE, LÉONARD.

LÉONARD à part.

        Ah! ah! mademoiselle Laure
Lit une lettre, et seule encore.... Approchons-nous.
Elle sourit, je crois.... Serait-ce un billet doux ?
Si je pouvais au moins déchiffrer derrière elle....
Essayons.   (*Il approche sur la pointe du pied*).

LAURE.

   Quelle voix !

LÉONARD.

     C'est moi, mademoiselle.

LAURE.

O ciel !

LÉONARD.

Vous vous troublez.

LAURE.

      Point du tout ; c'est la peur...

LÉONARD.

D'être surprise...

LAURE.

Moi !

LÉONARD.

    Vous changez de couleur...

LAURE.

Je n'aime point, monsieur, qu'on écoute à la porte.

LÉONARD.

Que lisiez-vous donc là tout bas ?

LAURE.

Que vous importe ?

LÉONARD.

Il m'importe beaucoup ; je suis votre futur ,
Et bientôt votre époux.

LAURE.

Oh ! cela n'est pas sûr.

LÉONARD.

Très-sûr, ne vous déplaise, et c'est pour cela même
Que je veux...

LAURE.

Finissez.

LÉONARD *intimidé.*

Qu'on est sot quand on aime !

LAURE.

Vous m'aimez donc, Monsieur ?

LÉONARD.

Cruelle, en doutez-vous ?
Mais de mon naturel je suis un peu jaloux,
Et vous me montrerez ce papier, je l'exige.

LAURE.

C'en est trop, laissez-moi.

LÉONARD.

Je l'aurai.

LAURE, (*voulant sortir*).

Non, vous dis-je.

LÉONARD.

Vous ne sortirez pas que je ne sois instruit...

LAURE,

Vous m'obsédez.

SCÈNE V.

LAURE, Mde. VERNEUIL, LÉONARD, DUPRÉ,
FRÉDÉRIC, ANDRÉ.

Mde. VERNEUIL.

Eh bien ! d'où vient donc tout ce bruit ?

DUPRÉ.

Moi, j'aurais parié qu'on était en querelle.

LAURE.

Et vous auriez gagné.

Mde. VERNEUIL.

Quoi !

LÉONARD.

C'est mademoiselle...

DUPRÉ.

Léonard; vous avez le verbe un peu trop haut.

LÉONARD.

Soit; mais, papa Dupré, je l'ai quand il le faut.
Vous allez en juger; écoutez tous.

DUPRÉ.

Silence.

LÉONARD, (*Du ton d'un orateur*).

Il m'en coûte, messieurs, en cette circonstance,
D'accuser la beauté dont mon cœur est épris;
Mais la nécessité l'ordonne, et j'obéis.
J'ai surpris en entrant mademoiselle Laure,
Une lettre à la main.

Mde. VERNEUIL.

Et de qui ?

LÉONARD.

Je l'ignore,
Mais elle la lisait d'un air, d'un œil... Enfin,
J'ai fait valoir les droits que j'avais sur sa main,
J'ai voulu voir la lettre : alors mademoiselle
A jeté les hauts cris; j'ai crié plus fort qu'elle;
Vous êtes survenus, vous savez le fin mot.
Dites-moi si j'ai tort d'avoir le verbe haut.

LAURE.

Il fallait me parler avec la politesse
Que commandent l'usage et la délicatesse,
Monsieur; peut-être alors aurais-je consenti
A vous abandonner la lettre : la voici;
Elle est de ma cousine.

LÉONARD *stupéfait*.

Ah !

FRÉDÉRIC (*à part*).

La bonne figure!

LAURE.

Et madame Verneuil connaît son écriture.
Voulez-vous du billet lire le contenu?

Mde. VERNEUIL.

C'est sous mes yeux, monsieur, que Laure l'a reçu,
Ainsi....

DUPRÉ.

Vous avez tort.

LÉONARD.

Voulez-vous bien permettre?
Pourquoi souriait-on, en lisant cette lettre?

LAURE.

C'est qu'elle m'annonçait votre arrivée.

DUPRÉ. Eh bien!

A ce compliment là, que répondez-vous?

LÉONARD.

Rien.

FRÉDÉRIC.

Ah! monsieur, croyez-moi, le seul moyen de plaire
C'est de ne pas heurter celle qui nous est chère.

(*Frédéric sort son mouchoir*).

LAURE *à part*.

Il a pris son mouchoir.

FRÉDÉRIC.

Sachons patienter...
Quels que soient ses défauts, il faut les supporter.
Un éclat nous rendrait plus malheureux encore. (*Il serre
son mouchoir*).
D'ailleurs, tout doit charmer dans l'objet qu'on adore.

LAURE.

Quel tourment de se voir la femme d'un jaloux!...

FRÉDÉRIC.

Elle a pris l'éventail.

LAURE *tenant son éventail par les deux extrémités*.

Vous avez près de vous
Un Argus malfaisant qui par-tout vous épie,
Scrute vos actions, vous suit, vous étudie,
Prête en secret l'oreille à vos moindres discours;

Il faut enfin de lui vous méfier toujours.
       (Elle quitte l'éventail).
Ma conduite pourtant ne mérite aucun blâme,
       (Elle reprend l'éventail).
Ma marraine sait tout.
      Mde. VERNEUIL.
        Je ne sais rien.
        LAURE.
             Madame.
Vous savez si mon cœur était coupable ?
      Mde. VERNEUIL.
             Oh *!* non.
        DUPRÉ.
Ça, monsieur Léonard, demandez-lui pardon
De vos soupçons jaloux, sur-le-champ, à voix haute.
        LÉONARD.
Mesdames et Messieurs, quoiqu'aujourd'hui ma faute
Soit l'effet naturel de l'amour le plus pur,
Je conviens que j'ai tort; *(à part)* mais je n'en suis pas sûr.
        DUPRÉ.
Bien.
        LÉONARD.
    De votre côté, mon enfant, plus de lettre,
Quand nous serons unis.
        LAURE.
        J'ose vous le promettre.
  (Elle reprend l'éventail par les deux extrémités).
Mais sur ce que j'ai dit, réglez-vous maintenant,
Sachez vous observer, notre sort en dépend. *(Elle sort).*
      FRÉDERIC *à part.*
Ciel *!* André m'a trahi.

SCÈNE VI.

Mde. VERNEUIL, LÉONARD, DUPRÉ, FRÉDÉRIC, ANDRÉ.

        DUPRÉ.
     Suis-la donc, imbécile,
Elle t'en veut encore.
              LÉONARD.

LÉONARD.

Elle est trop difficile.
Ma foi, je ne sais pas dire des douceurs, moi.

Mde. VERNEUIL, *à part.*

Pas un coup-d'œil.

DUPRÉ.

Eh bien ! je parlerai pour toi ;
Mais pour ne pas gâter ce qu'ici je vais faire,
Auras-tu bien l'esprit ?...

LÉONARD.

De quoi donc ?

DUPRÉ.

De te taire ?

LÉONARD.

Vous ne m'entendrez pas articuler deux mots
DUPRÉ, *à Mde. Verneuil, en lui présentant la main.*
Allons raccommoder ces pauvres tourtereaux.

SCÈNE VII.

FRÉDÉRIC, ANDRÉ.

FRÉDÉRIC *à André.*

Où vas-tu ? Reste ici. (*à part*). Le coquin est crédule,
Sot, superstitieux. Bon ! c'est un ridicule
Dont il faut profiter pour lui faire avouer
Le tour qu'impunément il vient de me jouer.
André, m'as-tu gardé le secret ?

ANDRÉ.

Je m'en pique.

FREDERIC.

C'est ce que je vais voir. Ce médaillon magique...

ANDRÉ.

Magique !...

FREDERIC.

Ah ! juste ciel ! le portrait a pâli.

ANDRÉ.

Ah ! mon Dieu ! quel portrait ?

FREDERIC.

Fripon, tu m'as trahi.

C

ANDRÉ.

Moi, monsieur?

FREDERIC.

Oui, maraud.

ANDRÉ.

Pardon; mais je vous jure.

FREDERIC.

Ce portrait me le dit.

ANDRÉ *à part.*

Peste de la peinture !

FREDERIC.

Oui, madame Verneuil a tout su ce matin ;
Ne crois pas m'échapper, tu mourras de ma main.

ANDRÉ *à genoux.*

Grace !...

FREDERIC.

Après les sermens que tu m'avais fait, traître.

ANDRÉ.

C'est vrai; mais ce n'est pas ma faute, mon cher maître.

FREDERIC.

Oses-tu ?

ANDRÉ.

J'en conviens, je suis un peu bavard;
Mais quoi ! c'est un défaut de famille.

FREDERIC.

Pendard !

Ce défaut-là tu vas le payer de ta vie.

ANDRÉ *tombant sur ses mains.*

Au secours !

SCÈNE VIII.

FRÉDÉRIC, DURAND, ANDRÉ.

DURAND.

Arrêtez.

ANDRÉ *tremblant.*

Suis-je mort, je vous prie?

FREDERIC.

Je veux tuer ce drôle.

A N D R É.
Ah ! ne le lâchez pas.
D U R A N D.
Calmez-vous.

F R É D É R I C.
Laissez-moi.
L A U R E.
Retenez donc son bras.
D U R A N D *à André.*
Sauve-toi.

A N D R É.
Volontiers, ma foi ; mais je vous jure
Qu'il est sorcier ; il a le diable en miniature.

SCÈNE IX.
F R É D É R I C, D U R A N D.

D U R A N D.
D'où vient donc ce courroux ? que vous a fait André ?
F R É D É R I C.
A madame Verneuil il a tout déclaré.
D U R A N D.
Et madame Verneuil vous traite en conséquence.
F R É D É R I C.
Elle garde avec moi le plus profond silence.
D U R A N D.
Bon ! ne la forcez pas, mon cher, à s'expliquer ;
Projets, fortune, hymen, vous feriez tout manquer.
Si de vous une fois elle s'avoue éprise,
La décence dès-lors veut que je m'interdise
Toute assiduité, tout accès, tout espoir ;
L'amour-propre, d'ailleurs, m'en ferait un devoir.
Irais-je soupirer aux genoux d'une femme
Qui m'aurait avoué qu'un autre objet l'enflamme ?
Lui peindre les douceurs du lien conjugal,
Pour servir sottement l'amour de mon rival ?
M'écrier : que d'attraits ! quelle grace est la vôtre !
Pour l'entendre vanter les qualités d'un autre ?
Croyez-moi, la réduire à déclarer ses feux,

Ce serait à-la-fois nous perdre tous les deux.
FRÉDERIC.
C'est demain, mon ami, demain le jour funeste,
Et Laure ne m'a point écrit
DURAND.
Il ne nous reste
Que douze heures.
FREDERIC.
   Pas plus.
DURAND.
Pour prévenir le coup,
Je commence à sentir que ce n'est pas beaucoup;
Mais la difficulté doublera notre gloire.
En amour comme en guerre, on force la victoire;
Rien n'est encor perdu. Pas d'indiscrétion,
Pas d'humeur, et sur-tout pas d'explication
Avec madame...
FREDERIC.
Chut! on approche, c'est elle.
DURAND.
Laissez-moi lui parler, l'occasion est belle,
Et jusqu'à ce moment je n'ai pu la saisir.
FREDERIC.
Je vous cède la place avec bien du plaisir.
(*Il sort par la coulisse à droite.*)

SCÈNE X.

DURAND *seul.*

Allons, je vais savoir, d'après ce tête-à-tête,
S'il me faudra camper, ou bien battre en retraite :
C'est que j'ai vraiment peur d'être pris tout de bon.
Ah*!* je sens que l'amour est de toute saison.

SCÈNE XI.

Mde. VERNEUIL, DURAND,

Mde. VERNEUIL.

C'est vous, monsieur Gervais?

DURAND.

Oui, madame, moi-même.
J'aspirais dès long-temps à la faveur extrême
De vous parler.

Mde. VERNEUIL.

Je viens… sans trop savoir pourquoi…
Je cherchais Frédéric.

DURAND *à part.*

Joli début pour moi !

(*Haut.*)
Il me quitte à l'instant. Nous parlions d'une femme
Charmante.

Mde. VERNEUIL *avec précipitation.*

Et de qui donc ?

DURAND.

C'était de vous, madame.

Mde. VERNEUIL.

Vous voulez me flatter. Eh bien ! que disiez-vous ?

DURAND.

Nous disions que celui qui serait votre époux
Jouirait d'un bonheur égal à sa tendresse.

Mde. VERNEUIL *vivement.*

Quoi ! Frédéric ?…

DURAND.

Et moi, madame, avec ivresse
Nous payons le tribut qu'on doit à vos attraits.
Eh ! comment résister au pouvoir de ces traits !

Mde. VERNEUIL.

Trève de complimens.

DURAND.

Non, qui vous voit vous aime.

Mde. VERNEUIL.

Vous m'étonnez, monsieur.

DURAND *a part.*

Je m'étonne moi-même,
Je n'ai jamais été si galant. (*Haut.*) Vous aimer…
Ah ! ce mot est trop faible encor pour exprimer
L'impression, l'atteinte aussi vive que prompte.

Mde. VERNUIL.

Monsieur parlerait-il par hasard pour son compte ?

DURAND *à part.*

Hai ! hai ! je me trahis. (*Haut.*) Madame, votre rang
M'interdit cet espoir; mais de monsieur Durand
Permettez-moi du moins d'être ici l'interprète.

Mde. VERNEUIL.

Je sais qu'un mariage assez souvent se traite
Par procuration; mais envoyer quelqu'un
Faire l'amour pour lui, cela n'est pas commun.
Il faudra bien qu'un jour il se montre peut-être.

DURAND.

D'accord.

Mde. VERNEUIL.

A moins pourtant que monsieur votre maître
De procuration ne raffole aujourd'hui,
Jusques à vous prier de m'épouser pour lui.

DURAND.

Il ne cédera pas le seul bien qu'il envie,
Et si vous connaissiez. . . .

Mde. VERNEUIL.

Brisons là, je vous prie.
S'il m'aimait, de me voir il serait plus jaloux.

DURAND.

Un mot de votre bouche, il est à vos genoux.

Mde. VERNEUIL.

Non, monsieur, qu'il s'épargne une peine inutile.

DURAND.

Il est d'un esprit doux, d'un commerce facile,
Il a de la fortune et pas d'ambition.

Mde. VERNEUIL.

Je renonce, vous dis-je, à la succession.

DURAND.

C'est votre dernier mot.

Mde. VERNEUIL.

Oui, monsieur.

DURAND.

Ah ! madame;
Si vous saviez combien il aimerait sa femme. . . .
C'est un cœur simple, uni.

Mde. VERNEUIL.

Vraiment, vous me pressez,
Comme s'il s'agissait. . . . de vous. Ç'en est assez.

DURAND.

C'est votre dernier mot ?

Mde. VERNEUIL.

Faut-il vous le redire ?
C'est trop me tourmenter.

DURAND.

Allons, je me retire ;
Mais je crains les effets de cet arrêt fatal.

Mde. VERNEUIL.

Il m'oubliera.

DURAND.

Jamais. *(a part.)* Mes affaires vont mal.

SCÈNE XII.

Mde. VERNEUIL *seule.*

Cet homme semble avoir une ame honnête et bonne ;
Mais tant d'empressement, tant de chaleur m'étonne.
Un mot de votre bouche, il est à vos genoux....
M'a-t-il dit... Et ses yeux brillaient d'un feu si doux....
Pourquoi cet embarras ? Pourquoi ce trouble extrême ?...
Quel soupçon. Si c'était monsieur Durand lui-même...

SCÈNE XIII.

Madame VERNEUIL, ANDRÉ.

ANDRÉ *à part, sans voir Mde. Verneuil.*

Il faut absolument que madame ait jasé.

Mde. VERNEUIL *sans voir André.*

Il ne se serait pas introduit déguisé....

ANDRÉ *à part.*

Ce médaillon magique est un tour de mon maître.

Mde. VERNEUIL *à part.*

Il n'est pas sans mérite.

ANDRÉ *à part.*

Il m'a bien pris en traître....
Un portrait qui dit tout !...

Mde. VERNEUIL.

Mais, qu'est-ce que j'entends ?

ANDRÉ.

Et moi, qui comme un sot, ai donné là dedans.

Mde. VERNEUIL.

Ah ! ah ! c'est toi. Sais-tu quelque nouvelle ?

ANDRÉ.

Aucune. . . .

Et quand j'en saurais cent, vous n'en sauriez pas une.
On ne m'y prendra plus , certe, à vous informer
De ce que j'aurai vu, pour me faire assommer.
Ne pouvoir pas garder ce que l'on vous confie
Une heure seulement. . . .

Mde. VERNEUIL.

A qui donc , je te prie,

En ai-je dit un mot ?

ANDRÉ.

A personne vraiment,

Qu'à monsieur Fréderic.

Mde. VERNEUIL.

Moi ? . . .

Vous , certainement.

Mde. VERNEUIL.

Mais, je n'ai point parlé.

ANDRÉ.

d'Honneur ?

Mde. VERNEUIL.

Eh ! non , te dis-je.

ANDRÉ.

Vous n'avez point parlé, madame ? quel prodige ! . . .
C'est ce maudit portrait. . . . ne m'interrogez plus ;
J'en aurais pourtant bien à dire ; mais motus.

Mde. VERNEUIL.

Qu'est-il donc arrivé ?

ANDRÉ.

Je ne sais rien , madame.

Mde. VERNEUIL.

As-tu vu Fréderic parler à quelque femme ?

ANDRÉ.

Je ne sais rien.

Mde. VERNEUIL.

A-t-il reçu quelque billet ?

ANDRÉ.

Je ne sais rien.

Mde. **VERNEUIL**.

Peut-être un rendez-vous secret?

ANDRÉ.

Je ne sais rien du tout, rien. Oh ! c'est une histoire
Que vous ne croiriez pas, et que j'ai peine à croire,
Moi, qui l'ai vue.

Mde. **VERNEUIL**.

Eh bien ! dis-moi donc....

ANDRÉ.

Pas si sot.

C'est un portrait parlant, et si je dis un mot,
La peste ! j'ai trop peur qu'il ne pâlisse encore.

Mde. **VERNEUIL**.

Qui ?

ANDRÉ.

Tout ce que je sais, il faut que je l'ignore,
Que monsieur Fréderic vous le montre s'il veut,
Il l'a toujours sur lui. C'est un portrait qui peut
Vous en dire beaucoup. Mais moi, je me retire,
De peur d'en dire trop, en voulant ne rien dire.

SCÈNE XIV.

Madame **VERNEUIL** *seule*.

Quel est donc ce portrait qu'il a toujours sur lui ?
Serait-ce le portrait de sa maîtresse ? ... Oh ! oui,
Je n'en saurais douter.... Ce trouble, ce mystère,
Tout me le prouve.... Mais je veux me satisfaire ;
Je veux le voir, je veux trouver quelques moyens
Pour fixer mes soupçons.

SCÈNE XV.

Madame **VERNEUIL**, **LAURE**.

Mde. **VERNEUIL**.

Ah ! c'est toi, Laure ? viens,
Viens, tout va s'expliquer. Ma joie est sans égale.

LAURE.

Comment ?

Mde. VERNEUIL.

Je vais enfin connaître ma rivale.

LAURE *troublée.*

Se peut-il ?

Mde. VERNEUIL.

Frédéric a son partrait sur lui.

LAURE *avec précipitation.*

Ciel !

Mde. VERNEUIL.

André me l'a dit. . . . Et j'espère aujourd'hui
Savoir enfin. . . .

On vient, c'est Frédéric. . . .

LAURE *a part.*

Je tremble.

Mde. VERNEUIL.

Le portrait est à moi. Mais laisse nous ensemble.
On peut de cet endroit tout voir sans être vu.
Sois témoin de son trouble.

LAURE *à part, entrant dans le cabinet.*

Hélas ! tout est perdu.

SCÈNE XVI.

Mde. VERNEUIL, FRÉDÉRIC, LAURE *dans le cabinet.*

FRÉDÉRIC

J'accours vous annoncer une heureuse nouvelle,

Mde. VERNEUIL.

Et moi, j'en viens d'apprendre une qui m'est cruelle.
Quoi ! ma partie adverse est liée avec vous,
Frédéric ? L'amitié qui subsiste entre nous
N'était donc qu'un vain nom ?

FRÉDÉRIC.

Ce reproche m'accable.

De cette indignité m'avez-vous cru capable ?

Mde. VERNEUIL.

Feignant de m'accorder vos soins et vos secours,
Vous cherchez à doubler les dangers que je cours.

FRÉDÉRIC.

Moi ?

Mde. VERNEUIL.

Vous-même, en berçant d'une fausse espérance
Un cœur dont vous avez trompé la confiance.

FRÉDÉRIC

Quel monstre peut m'avoir si lâchement noirci ?

Mde. VERNEUIL.

Et ma sécurité laisse à mon ennemi
Le temps d'indisposer, de séduire mes juges,
Et de m'ôter enfin jusqu'aux moindres refuges.

FRÉDÉRIC.

Nommez-moi l'imposteur, et je cours....

Mde. VERNEUIL.

Un billet.

De toute cette intrigue a trahi le secret.
Vous l'avez lu tout haut, sans songer que peut-être
On vous écouterait.

FREDERIC.

Vous devez me connaître.

Mde. VERNEUIL.

Et ce billet, dit-on, vous le portez sur vous.

Laure s'est avancée et a écouté la scène. Après la subs-
titution du portrait, elle se trouve au milieu, madame
Verneuil à droite et Fréderic à gauche.

FRFDERIC.

Moi ? voici mes papiers... Prenez, prenez-les tous.
Ouvrez mon porte-feuille, ouvrez mon secrétaire,
Tenez, lisez, lisez.

Mde. VERNEUIL.

Ce n'est pas nécessaire.

FRÉDERIC *en sortant ses lettres, tire une boëte*
à portrait qu'il cache aussitôt.

Non, que je sois puni....

Mde. VERNEUIL.

Que cachez-vous donc là ?

FREDERIC.

Rien, ce n'est qu'une boëte.

LAURE *à part au fond.*

O ciel !

Mde. VERNEUIL.

Montrez-moi la.

FRÉDÉRIC.

Daignez m'en dispenser. C'est une bagatelle.

Mde. VERNEUIL.

Soit ; mais je veux la voir.

FRÉDÉRIC.

Que vous apprendrait-t-elle ?

Vous n'y trouverez pas les preuves. . . .

Mde. VERNEUIL.

En ce cas,

Pourquoi me la cacher ?

FRÉDÉRIC *hésitant.*

Pardon.

LAURE *à part.*

Quel embarras !

Mde. VERNEUIL.

Que contient cette boëte ?

FRÉDÉRIC.

Un portrait.

Mde. VERNEUIL.

Imposture.

Vous me l'auriez déjà fait voir. . . .

FRÉDÉRIC.

Je vous assure. . . .

Mde. VERNEUIL.

Montrez-la. Jusques-là, je vous suspecterai.

FRÉDÉRIC.

Non, madame, jamais je n'y consentirai.

Mde. VERNEUIL.

C'en est assez, monsieur, ce refus vous accuse.

LAURE *à part.*

J'ai son portrait. . . . Amour, favorise ma ruse.

(*Placée derrière Fréderic, à sa gauche, elle cherche à substituer le portrait qui est dans une boëte semblable à celle que tient Fréderic. Celui-ci qui ne sait pas que Laure est là, l'empêche involontairement d'exécuter son dessein. Au moment où elle dit :* Pouvez - vous bien, monsieur, *etc., elle a sa main droite placée derrière le dos. De la main gauche elle saisit le portrait que Fréderic tient aussi de la main gauche ; elle passe devant lui rapidement, donne à madame Verneuil le portrait*

qu'elle tient dans la main droite ; elle étend le bras
gauche, et remet à Fréderic le portrait qu'elle vient
de lui ôter. Tout cela se fait très-vite.)
Pouvez-vous bien, monsieur, vous refuser ainsi
A montrer ce portrait ?... Madame, le voici.

F R E D E R I C à part.

Je suis sauvé.

Mde. V E R N E U I L.

Mais quoi ! Fréderic, c'est vous-même !
Et vous me le cachiez avec un soin extrême !...
(Madame Verneuil met le portrait dans sa poche.)

F R E D E R I C.

Madame, je craignais de passer à vos yeux
Pour un de ces mortels sots et présomptueux,
Qui tout effatués de leur triste visage,
Pensent n'en pouvoir trop multiplier l'image ;
Mais ce reproche amer eût moins blessé un cœur
Que l'odieux soupçon qui flétrit mon honneur,
Et je veux que ce jour, avec mon innocence,
Me rende votre estime et votre confiance.   *(Il sort.)*

S C È N E X V I I.

Madame V E R N E U I L, L A U R E.

L A U R E.

Ce pauvre Fréderic ! vous l'avez affligé.

Mde. V E R N E U I L.

Ah ! Laure, de son cœur que j'avais mal jugé !
C'est la faute d'André. Ce garçon extravague.
Il n'entend, n'apperçoit, ne dit rien que de vague.

L A U R E.

Intéressé, méchant, curieux et bavard,
Quand il n'a rien appris, il invente au hasard ;

Mde. V E R N E U I L.

Ma conduite, en effet, est incompréhensible.
Je veux à mon amour, voir Fréderic sensible,
Et mes soins, mes efforts, bien loin de me servir,
Semblent ne tendre tous qu'à me faire haïr.
Que je dois lui paraître injuste, inconséquente !
N'est-ce pas ?

LAURE.

Il est vrai.

Mde. VERNEUIL.

Par fois même méchante.

Il ne peut faire un pas, il ne peut dire un mot,
Que mon esprit jaloux ne l'en blâme aussitôt.
Une distraction, la plus légère absence,
Sont des crimes affreux dont mon amour s'offense,
Et je voudrais enfin, pour prix de mon ardeur,
Qu'il pût voir par mes yeux et sentir par mon cœur.

LAURE.

S'il eut connu plutôt vos sentimens, peut-être
Plus sensible.....

Mde. VERNEUIL.

Je veux les lui faire connaître :
Qu'un billet.... Cet aveu trop long-temps différé
Fut commencé vingt fois, et vingt fois déchiré.
Expliquons-nons enfin, mais sans me compromettre.
Le moyen est aisé....Ne signons point ma lettre...
Mais Fréderic connaît mon écriture... Eh bien !.
Prête-moi ta main.

LAURE.

Qui, moi ?

Mde. VERNEUIL.

Tu ne risques rien.

Il ne la connaît pas.

LAURE.

Vous voulez que moi-même...

Mde. VERNEUIL.

Oui, deux mots suffiront.

LAURE *à elle-même.*

Si par ce stratagême...

Mde. VERNEUIL *Qui a entendu Laure.*

Je le crois excellent...

LAURE *à part.*

C'est bien me hasarder.

Mde. VERNEUIL *allant à une table.*

Viens, voici du papier.

LAURE.

Je vois qu'il faut céder!

Mde. V E R N E U I L *va à Laure.*

Que je t'embrasse.

(Elle quitte Laure et va vers la table.)

L A U R E *à part.*

Au lieu d'écrire pour son compte,
Ecrivons pour le mien.

Mde. V E R N E U I L *disposant du papier.*

Oh ! quel tourment !

L A U R E. *à part et éloignée de la table.*

J'ai honte
De me voir obligée à la tromper ainsi ;
Elle aime Fréderic, mais moi, je l'aime aussi.

Mde. V E R N E U I L.

Viens donc.

L A U R E.

Je réfléchis à ce qu'il faut écrire.

Mde. V E R N E U I L.

Au défaut de l'amour, que l'amitié t'inspire.
Mes sentimens par toi lui seront mieux tracés ;
Moi, je craindrais d'en dire ou trop ou pas assez.

L A U R E.

Laissez-moi faire.   *(Elle écrit.)*

« Malgré la contrainte où je vis avec vous, mon cher Fréderic,
» Tout a dû vous prouver que je vous aime. »

Mde. V E R N E U I L.

Quoi ! tu commences la lettre
Par lui dire ?

L A U R E.

Cela ne peut vous compromettre.
C'est moi qui tient la plume.

Mde. V E R N E U I L.

Oui, mais il saura bien. . . .

L A U R E.

Que vous importe ? Il faut lui dire tout ou rien.

Mde. V E R N E U I L.

Poursuis donc.

L A U R E *écrivant.*

« Il n'est pas de sacrifice que je ne sois prête à faire pour vous
» Prouver l'excès de mon amour. »

Mde. VERNEUIL.

J'en conviens. Cependant la décence
Défend....

LAURE.

Ce que souvent prescrit la circonstance.
(Elle écrit.) « Depuis qu'un autre me recherche, mes
» sentimens pour vous semblent s'accroître encore. »

Mde. VERNEUIL.

Ah *!* comme tu lis bien dans mon cœur.

LAURE *écrivant.*

« Je ne puis être heureuse que par vous. Disposez de mon
« sort ; ne trompez point mon espérance, arrachez – moi à
» l'importunité de votre rival, osez tout, et je souscris à
» tout. »

Mde. VERNEUIL.

Non, vraiment,
Efface cette phrase.

LAURE.

Et c'est précisément
Le point essentiel. Fréderic est timide,
Il faut bien que vers vous un peu d'espoir le guide.

Mde. VERNEUIL.

Mais si de mon amour l'ingrat se fait un jeu.

LAURE.

Vous démentez alors l'écriture et l'aveu.

Mde. VERNEUIL.

Saura–t-il deviner d'où lui vient cette lettre ?

LAURE,

Ah *!* je vous en réponds, et j'ose vous promettre
Qu'il y sera sensible.

Mde. VERNEUIL.

Ah *!* tu me rends l'espoir,
Dans le trouble où je suis, qu'il m'est doux de pouvoir
Dévoiler à ses yeux les vœux d'un cœur qui l'aime,
Sans le rendre témoin de mon désordre extrême.
La pudeur inventa ce langage muet,
Qui cachant un aveu sous le pli d'un billet,
Révèle un sentiment que l'on ne peut plus taire,
Sans ôter à l'amour le charme du mystère.

(Elle sonne.)
SCÈNE

SCÈNE XVIII.

Madame VERNEUIL, LAURE. ANDRÉ.

Mde. VERNEUIL.

Ton maître ?

ANDRÉ.

Le voilà qui vient de ce côté....
Voyez comme il a l'air inquiet, agité.

LAURE.

Nous sortons. Vous allez lui donner cette lettre.

ANDRÉ.

Ah ! j'aurai quelque chose enfin à lui remettre.

Mde. VERNEUIL *lui remettant le Billet.*

Observe de quel air il lira ce billet.

LAURE *à part.*

Si je la trompe, hélas ! ce n'est pas sans regret.

(Elles sortent.)

SCÈNE XIX.

ANDRÉ *seul.*

Est-ce un songe ? Comment ? Moi, porteur d'un mesage ;
C'est, ma foi, le premier. J'entre en apprentissage ;
Mais, pour mon coup d'essai, dans ce poste d'honneur,
Puissé-je n'être pas messager de malheur !

SCÈNE XX.

FRÉDERIC, ANDRÉ.

ANDRÉ *à part.*

Il ne m'apperçoit pas. Si dans sa rêverie,
Il laissait échapper le nom de son amie ;
Écoutons.

(Il suit doucement Fréderic qui ne le voit pas.)

FRÉDERIC *sans voir André.*

Le maraud !

ANDRÉ *à part.*

Bon ! il parle....

D

FRÉDÉRIC.

C'est clair.
C'est lui qui m'a trahi ; mais il le paiera cher.

ANDRÉ.

Fuyons.

FRÉDÉRIC *se retournant au bruit.*

Qu'est-ce ?

ANDRÉ *revenant.*

Un billet....

FRÉDÉRIC.

Ciel ! c'est son écriture.

ANDRÉ.

Sans doute.

FRÉDÉRIC.

Quel bonheur !

ANDRÉ.

Comment !

FRÉDÉRIC.

Elle me jure
Un amour éternel.

ANDRÉ.

Elle est folle de vous.

FRÉDÉRIC.

Je veux la voir, je veux tomber à ses genoux.

ANDRÉ.

Pour madame, Verneuil quelle heureuse surprise !
Souffrez que ce soit moi qui le premier lui dise....

FRÉDÉRIC.

Quoi ? ...

ANDRÉ.

L'effet que sur vous a produit ce billet.

FRÉDÉRIC.

S'il t'échappe un seul mot....

ANDRÉ.

Je suis dans le secret,
Monsieur, puisque c'est moi que vers vous elle envoie.
Je suis sûr de la mettre au comble de la joie.

FRÉDÉRIC.

Je ne te comprends pas.

ANDRÉ.

Ah ! vous jouez au fin ?
Le billet que voici n'est-il pas de sa main ?
Ne vous fait-elle pas l'aveu de sa faiblesse ?
Ne répondez-vous pas vous-même à sa tendresse ?
N'ai-je pas vu la joie éclater dans vos yeux ?

FRÉDÉRIC *sortant.*

Tais-toi ; rien n'est plus sot qu'un valet curieux.

SCÈNE XXI,

ANDRÉ *seul.*

Ils veut dissimuler avec moi ; mais n'importe,
J'y vois clair, et l'honneur veut qu'avant lui je porte
Cette bonne nouvelle à madame Verneuil ;
En fêtes, en plaisirs, courons changer son deuil...
Oui son deuil... car souvent la pauvre femme pleure
A me faire pitié ; mais enfin tout-à-l'heure
Nous verrons s'éclaircir tous ces nuages-là,
Et je suis le soleil qui les dissipera.

Fin du second Acte.

ACTE III.

Le Théâtre représente la chambre de Frédéric. A droite des Acteurs, à la première coulisse, est une bibliothèque, un flambeau allumé sur une table. Sur le devant, à gauche, est une robe-de-chambre sur un fauteuil. Au fond, à droite, est un secrétaire ouvert ou une table On y voit une épée et deux pistolets.

SCÈNE PREMIÈRE.

ANDRÉ *seul.*

Ah ! messieurs les discrets, si j'ai pu vous comprendre,
C'est ici même, ici, que vous allez vous rendre...

Pour y manigancer quelque nouveau complot...
Fort bien... s'y croyant seuls, ils parleront tout haut..
Cachons-nous... oui, mais où?... pas une alcove noire,
Point de rideaux épais, pas une seule armoire......
Cette bibliothèque?... Eh! parbleu, pourquoi non?
Je puis, en délogeant Homère ou Cicéron...

(Il ouvre la bibliothèque.)

Eh! mais la place est libre, et par quelle aventure?
Ce n'est pas sans dessein. Oh! quelle nuit obscure!...
(Tremblant.) (Il entend du bruit.)
Qui va là? C'est mon maître; allons, André, du cœur!
La curiosité l'emporte sur la peur.

(Il se cache d ans la bibliothèque.)

SCÈNE II.

FRÉDERIC, DURAND, ANDRÉ caché.

FRÉDERIC.

Nous pourrons à loisir prendre ici nos mesures.

DURAND.

Fermons d'abord la porte, elles seront plus sûres.

ANDRÉ a part.

Bonne précaution!

DURAND.
Dites-moi maintenant

Quel est votre projet?

FRÉDÉRIC.
Un prompt enlèvement.

ANDRÉ à part.

Qui veut-il enlever?

DURAND.
Quelle heureuse nouvelle!

Volez où le bonheur, où l'amour vous appelle.
Quand vous serez parti, je me déclarerai,
Et peut-être, étant seul, serai-je préféré.
Mais vos précautions sont-elles toutes prises?

FRÉDERIC.

A la porte du parc, à dix heures précises,
Voiture, postillon, chevaux, tout sera prêt.

DURAND.

Méfiez-vous d'André.

FRÉDERIC.

C'est un mauvais sujet.

ANDRE *à part.*

Trop honnête.

FRÉDERIC.

Un bavard, un curieux, un traître…

ANDRE *à part.*

Comme il me le paierait, s'il n'était pas mon maître!

DURAND.

Moi je vais à mes gens écrire dès ce soir
De tenir ma maison prête à vous recevoir,
Puisse-t-elle par vous long-temps être occupée!

FRÉDERIC.

Que de bontés!

DURAND *regardant à sa montre.*

Mais l'heure approche.

FREDERIC.

Mon épée,
Mes pistolets sont là. Bon! je vais au salon
La joindre.

ANDRÉ *à part.*

Allons, il sort sans avoir dit son nom.

DURAND.

Allez combler les vœux d'un cœur qui vous adore.

FRÉDERIC.

Demain, mon cher Durand, je suis l'époux de Laure.

SCENE III.

ANDRÉ *seul.*

Victoire!… je sais tout, et maintenant, je crois,
J'aurai de quoi jaser. Deux secrets à-la-fois!…
Deux secrets!… quel trésor! ah! c'est Laure qu'on aime;
Et l'intendant Gervais est donc Durand lui-même!
L'heureuse découverte!… oh! j'en perdrai l'esprit.
Et voilà ce que c'est d'écouter ce qu'on dit.
Je brûle d'annoncer ce que je viens d'apprendre;

J'en parlerais aux murs, s'ils pouvaient me comprendre.
Et madame Verneuil qui ne vient point encor...
Mais j'apperçois quelqu'un au fond du corridor :
C'est elle, appelons-la. Grande, grande nouvelle,
Madame !... Elle s'en va. Madame ?...

SCÈNE IV.

Mde. VERNEUIL, ANDRÉ.

Mde. VERNEUIL.

Qui m'appelle ?

ANDRÉ.

C'est André... Par ici... Venez vîte.

Mde. VERNEUIL.

Ah ! c'est toi ?

J'y vais.

ANDRÉ.

Bon ! elle vient. (*à Mde. Verneuil.*) C'est Laure et Durand.

Mde. VERNEUIL.,

Quoi !

ANDÉÉ.

Laure était l'intendant, et Durand la maîtresse.

Mde. VERNEUIL.

As-tu perdu l'esprit ?

ANDRÉ.

Non, c'est une traîtresse.

L'heure approche...

Mde. VERNEUIL.

Quelle heure ! explique-toi donc mieux.

ANDRÉ.

L'heure de l'enlever.

Mde. VERNEUIL.

Qui donc ?

ANDRÉ.

Laure.

Mde. VERNEUIL.

Grands Dieux !

Et qui se porterait à cette audace extrême ?

LAURE.

Mon maître.

Mde. VERNEUIL.
Frédéric !

ANDRÉ.
Oui, c'est elle qu'il aime.

Mde. VERNEUIL.
Laure me trahirait !

LAURE.
A dix heures du soir,
La voiture sera prête à les recevoir,
A la porte du parc.

Mde. VERNEUIL.
Frédéric aimait Laure !
Il en était aimé !...

ANDRÉ.
Ce n'est pas tout encore :
Savez-vous où tous deux vont se réfugier ?

Mde. VERNEUIL.
Non.

ANDRÉ.
Chez Monsieur Durand... qui fait un beau métier,
Par parenthèse.

Mde. VERNEUIL.
Quoi ! monsieur Durand se prête...

ANDRÉ.
C'est lui depuis deux jours qui me tourne la tête,
C'est lui qui mène tout.

Mde. VERNEUIL.
Il est dans son château.

ANDRÉ.
Il est ici.

Mde. VERNEUIL.
Comment ?

ANDRÉ.
Ah ! voilà du nouveau,
J'espère.

Mde. VERNEUIL.
Achève donc, ma surprise est extrême.

A N D R É.

Il s'est fait près de vous intendant de lui-même.

Mde. V E R N E U I L.

Quoi! Gervais...

A N D R É.

Est Durand; ce n'est pas tout encor,

Il raffole de vous.

Mde V E R N E U I L.
C'est là son moindre tort.

A N D R É.

Mais de nos deux amans oser servir la fuite!

Mde. V E R N E U I L.

Voilà de quoi je veux me venger tout de suite,
Et cela me sera facile.

A N D R É.
Oui, vengeons-nous;

Moi, je suis outré...

Md. V E R N E U I L.
Paix. Le lieu du rendez-vous?

A N D R É.

A la porte du parc.

Mde. V E R N E U I L.
Bon ! excellente idée!

A N D R É.

Quel est votre projet ?

Mde. V E R N E U I L.
Oui, j'y suis décidée.

A N D R É.

Eh bien, qu'allez-vous faire?

Mde. V E R N E U I L.
Ah! ah! monsieur Durand,

Vous voulez intriguer.

A N D R E *à lui-même.*
C'est bon, on vous attend.

(*à Mde. Verneuil.*) Instruisez-moi.

Mde. V E R N E U I L.
Vas dire à Dupré de descendre.

A N D R É.

Oui, mais à mon retour vous voudrez bien m'apprendre...

Mde. VERNEUIL.

Qu'il vienne sur-le-champ; sur-tout ne lui dis rien
Du plan que j'ai conçu.

ANDRÉ.

Parbleu, je le crois bien.
Vous voulez donc ici vous concerter ensemble?

Mde. VERNEUIL.

Oui, que fait Frédéric?

ANDRÉ.

Il me cherche.

Mde. VERNEUIL.

Je tremble
Qu'il ne hâte à dessein l'heure du départ.

ANDRÉ.

Non;
D'ailleurs, il doit venir prendre ses armes.

Mde. VERNEUIL.

Bon!
L'ingrat croit triompher; il en est loin encore.
Va te poster auprès de la chambre de Laure;
Si tu l'en vois sortir, glisse-toi le premier,
Et cours fermer la porte au bas de l'escalier.

ANDRÉ.

La mine est éventée, et j'en ai seul la gloire...
Encor quelques instans, et nous chantons victoire.

SCÈNE V.

Mde. VERNEUIL *seule*.

Non, non, monsieur Durand, vous espérez en vain,
En servant Frédéric, vous assurer ma main:
Je prétends aujourd'hui, bien plus adroite encore,
Me venger à-la-fois, et de vous, et de Laure.
Mon plan est bien conçu: vous êtes amoureux,
André bavard, fort bien, c'est tout ce que je veux.
Un faux avis donné suffira pour vous prendre
Dans le piége grossier que vous vouliez me tendre.
Voici Dupré... Je veux que notre cher parent,
Sans le savoir, ici joue un rôle important.

SCÈNE VI.

Mde. VERNEUIL, DUPRÉ.

DUPRÉ.

Vous allez me causer une surprise extrême ,
M'a-t-on dit ?

Mde. VERNEUIL.

Oui, sans doute.

DUPRÉ.

Oui ? eh bien , moi de même.

Mde. VERNEUIL.

C'est de Laure, mon cher, que je veux vous parler.

DUPRÉ.

Moi de même.

Mde. VERNEUIL.

Qui donc a pu vous révéler ?

DUPRÉ.

Elle vient de m'ouvrir son ame toute entière.

Mde. VERNEUIL.

Laure ?

DUPRÉ.

J'ai vu des pleurs couler de sa paupière.

Mde. VERNEUIL.

Que vous a-t-elle dit ?

DUPRÉ.

Que si je la chéris,
Je n'exigerai pas des nœuds mal assortis ;
Que Léonard n'a rien de ce qu'il faut pour plaire.
Moi, j'ai conclu de là qu'elle ne l'aimait guère.
Elle m'a dit enfin que son plus doux espoir
Etait...

Mde. VERNEUIL.

D'être enlevée à dix heures du soir.

DUPRÉ.

Comment donc, enlevée ?...

Mde. VERNEUIL.

Enlevée.

DUPRÉ.

Eh ! non, Laure
Ne m'a pas dit cela.

Mde. VERNEUIL.

Par quelqu'un qui l'adore.

DUPRÉ.

C'es Frédéric ; je gage.

Mde. VERNEUIL.

Oh bien ! oui, sans état,
Que peut-il espérer ?... C'est un homme d'éclat,
Puissamment riche...

DUPRÉ.

Bon ?

Mde VERNEUIL.

Et que sous ma fenêtre,
Quoique bien déguisé, je vois souvent paraître.

DUPRÉ.

Je cours...

Mde. VERNEUIL.

Arrêtez donc ; c'est un fort bon parti

DUPRÉ.

Qu'il l'épouse.

Mde VERNEUIL.

C'est bien ce que je veux aussi.

DUPRÉ.

Mais pour y parvenir, comment comptez-vous faire ?

Mde. VERNEUIL.

A quatre pas d'ici nous avons un notaire.

DUPRÉ.

Bon !

Mde. VERNEUIL.

Vous les surprendrez au rendez-vous.

DUPRÉ.   Fort bien.

Mde. VERNEUIL.

Nous aurons des témoins.

DUPRÉ.

Sans se douter de rien,
Léonard, s'il le faut, en servira lui-même.

Mde. VERNEUIL.

Mais s'il s'appercevait que c'est celle qu'il aime....

DUPRÉ.

Bon ! il n'est pas fin, lui; ce n'est pas comme moi....
C'est que Dupré n'est pas une dupe, ma foi.

Mde. VERNEUIL.

Aussi sur votre adresse et sur votre mérite
Ai-je de mon projet fondé la réussite.

DUPRÉ.

Elle est sûre.

Mde. VERNEUIL.

A propos, je dois vous prévenir
Qu'ici dans un instant Frédéric va venir.

DUPRÉ.

Connaît-il les desseins que l'on a sur ma nièce?

Mde. VERNEUIL.

Du tout; mais vous savez qu'à lui je m'intéresse.

DUPRÉ.

Oui, vous le regardez avec de certains yeux...

Mde. VERNEUIL.

Vous riez, et pourtant rien n'est plus sérieux
Que l'objet qui m'occupe et cause mes alarmes.

DUPRÉ.

Qu'est-il donc arrivé?

Mde. VERNEUIL.

Tenez, voyez ces armes.

DUPRÉ.

Epée et pistolets : aurait-il un duel ?

Mde. VERNEUIL.

Précisément.

DUPRÉ.

Eh bien ! tout coup n'est pas mortel ;
Et puis, ne faut-il pas qu'un jeune homme se montre ?
Quand j'étais jeune, moi...

Mde. VERNEUIL.

Comment va votre montre ?

DUPRÉ.

Fort bien.

Mde. VERNEUIL.

Imaginez quelque prétexte adroit
Pour ne pas le quitter jusqu'à dix heures.

DUPRÉ.

Soit.

Je tâcherai pour vous d'arranger cette affaire.

Mde. VERNEUIL.

Il dissimulera.

DUPRÉ.

Laissez, laissez-moi faire;
Nous saurons nous y prendre : on n'est pas d'aujourd'hui.
    (*Regardant sa montre.*)
Je n'aurai pas long-temps à rester avec lui.

Mde. VERNEUIL.

Assez pour l'empêcher de faire des sottises.
Au bas de l'escalier, à dix heures précises,
Vous trouverez un homme à qui j'aurai donné
L'ordre de vous conduire à l'endroit désigné
Pour l'enlèvement.

DUPRÉ.

Bon.

Mde. VERNEUIL.

Tout sera prêt d'avance,
Vous n'aurez qu'à signer; mais ayez la prudence
De fermer en sortant la porte à double tour.

DUPRÉ.

Je joue à Frédéric un assez mauvais tour,
Et pour vous obliger, je sens que je m'expose :
Si quelqu'un autrefois m'eût fait pareille chose,
Pour le remercier de ses généreux soins,
Je l'aurais fait sauter par la fenêtre, au moins.

Mde. VERNEUIL.

Ne craignez rien; je vais poser en sentinelle
Quatre hommes bien armés dont je connais le zèle,
Et qui vous prêteront main-forte, s'il le faut.
A dix heures. Adieu. Ne sortez pas plutôt.

SCÈNE VII.

DUPRÉ *seul.*

J'ignore son dessein; mais par son stratagême,
Me voilà prisonnier de mon prisonnier même.

Un rapt à prévenir, une affaire d'honneur...
Elle ne m'a pas dit le nom du ravisseur;
Mais puisqu'il a du bien... C'est le seul avantage
Que m'offrait Léonard; car ses airs, son langage
Font pitié. Ma famille abonde en gens d'esprit....
Il l'eut dépareillée. Ainsi que tout soit dit.
Fréderic va venir. Je ris de sa surprise,
En me voyant chez lui. La campagne autorise
Ces libertés qu'ailleurs l'étiquette défend
On est seul, on s'ennuie, on va tout bonnement
Visiter son voisin. C'est ainsi qu'on en use
Entre bons campagnards, et voilà mon excuse.

SCÈNE VIII.

FRÉDERIC, DUPRÉ.

FRÉDERIC.

Comment! monsieur Dupré; c'est vous? Par quel hasard?

DUPRÉ.

Oui, vous n'attendiez pas ma visite si tard?
N'est-ce pas?

FRÉDERIC.

J'en conviens.

DUPRÉ.

Prenez-vous une chaise?

FRÉDERIC.

Je suis fort bien debout.

DUPRÉ *s'asseyant.*

Je me mets à mon aise.
J'ai couru; je suis las.

FRÉDERIC *à part.*

Allons, il s'établit.

DUPRÉ.

Que faites-vous les soirs?

FRÉDERIC.

Mais, je me mets au lit.

DUPRÉ

Agissez sans façon. Moi, je vais prendre un livre.

(Il se lève pour aller à la bibliothèque.)

FRÉDERIC *vivement.*

Ah ! pour vous laisser seul, j'ai trop de savoir vivre.
Mais, madame Verneuil.... à propos.... j'oubliais...
Etourdi que je suis.... pardonnez-moi, je vais....

DUPRÉ.

A madame Verneuil, si vous desirez plaire,
Vous resterez ici.

FRÉDÉRIC.

Mais j'ai certaine affaire....

DUPRÉ.

On le sait.

FRÉDERIC *étonné.*

Comment donc ?

DUPRÉ.

Et c'est pour l'empêcher
Que je vous attendais. Vous voulez le cacher.

FRÉDÉRIC.

Moi, je ne cache rien.

DUPRÉ.

On a su m'en instruire.
Est-ce ainsi qu'avec nous vous deviez vous conduire ?
Nous vous chérissons tous. Si vous étiez venu
Me confier cela, j'aurais tout prévenu.

FRÉDÉRIC.

Ah ! que votre bonté me touche et m'humilie !

DUPRÉ.

Mais, c'est que vous faisiez vraiment une folie.

FRÉDÉRIC.

Je m'y voyais contraint par la nécessité.

DUPRÉ.

On ne doit se porter à cette extrémité,
Mon cher, que quand l'honneur ferme toute autre route.
Si vous pouviez prévoir les peines qu'il en coûte,
Pour réparer ensuite un seul moment d'erreur.

FRÉDERIC *avec effusion.*

O ! bon monsieur Dupré, vous voulez mon bonheur.
Mon cœur reconnaissant....

DUPRÉ.

Terminons cette affaire.

FRÉDERIC *enchanté.*

Quoi ! sitôt.

DUPRÉ.

A l'instant. Nommez votre adversaire.

FRÉDERIC *étonné.*

Mon adversaire ?

DUPRÉ.

Eh ! oui. Je m'en vais de ce pas
Le trouver.

FRÉDERIC *étonné.*

Je ne sais. . . .

DUPRÉ.

Vous ne vous battrez pas.

FRÉDÉRIC.

Eh ! quoi ! c'est pour cela !... (*à part.*) Comme j'ai pris le
change.

DUPRÉ.

Je veux absolument que l'affaire s'arrange.

FRÉDÉRIC.

Mais, je ne me bats point. . . .

DUPRÉ.

Vous venez à l'instant
De convenir. . . .

FRÉDÉRIC

De rien, monsieur.

DUPRÉ,

Jeune imprudent,
Rendez vains les efforts d'un homme qui vous aime ,
Mais je vous sauverai, monsieur, malgré vous-même.
Je saisis cette épée et ces deux pistolets.

FRÉDERIC.

Oh ! prenez.

DUPRÉ.

Battez-vous maintenant ; je m'en vais,
Adieu.

FRÉDERIC *à part.*

Fort bien. (*Haut.*) Déjà ?

DUPRÉ *regarde sa montre.*

C'est que l'heure m'appelle.

FRÉDERIC

FRÉDERIC *à part.*

Bon !

DUPRÉ.

Madame Verneuil veut que je sois près d'elle.

FRÉDERIC *regardant aussi à sa montre.*

Dix heures vont sonner !

DUPRÉ.

C'est juste le moment.

Je descends au jardin où sans doute on m'attend.

FRÉDERIC *avec précipitation.*

Vous allez au jardin ? Pourquoi ?

DUPRÉ.

Que vous importe ?

Souffrez qu'à doub'e tour, je ferme cette porte.

FRÉDERIC.

Volontiers ; mais de grace, apprenez-moi.

DUPRÉ.

Tantôt,

Car je n'ai pas le temps de vous dire un seul mot.
Un quart-d'heure plus tard, ils auraient pris la fuite.
A la porte du parc, courons, courons bien vîte.

SCÈNE IX.

FRÉDERIC *seul.*

A la porte du parc !... je reste anéanti.
On a tout découvert.... Qui peut m'avoir trahi ?

SCÈNE X.

FRÉDERIC, DURAND *accourant par la bibliothèque,*
couvert d'un manteau et d'un large chapeau.

DURAND.

Pas un instant à perdre.

FRÉDERIC.

On sait tout.

DURAND.

Du courage,

De madame Verneuil j'ai reconnu l'ouvrage.

E

Mais tranquillisez-vous, rien n'est encor perdu.
Prenez-moi ce manteau, ce chapeau rabattu.....

FRÉDERIC.

Pourquoi?

DURAND

De mon projet je ne puis vous instruire.
Descendez sur le champ, et laissez-vous conduire
Par un homme aposté qui vous attend en bas.
C'est le coup décisif, sur-tout ne parlez pas.
Vous me représentez.

FREDERIC.

En voici bien d'une autre.

DURAND.

Je vous donne mon nom, et moi je prends le vôtre.
Allons, partez, partez.

(*Fréderic sort par la bibliothèque.*)

SCENE XI.

DURAND *seul.*

Bon ! le voilà dehors.
Puisse un heureux succès couronner mes efforts !
Ah ! madame Verneuil, vous vouliez me surprendre ?
Mais à ce faux avis je n'ai pu me méprendre,
Et j'ai très-bien conçu votre raisonnement :
« André, d'après mon ordre, ira dire à Durand,
» Que je dois, pour m'unir à celui que j'adore
» Aller au rendez-vous à la place de Laure.
» Piqué par ce rapport, Durand qui le croira,
» A la porte du parc, le premier se rendra.
» Laure arrive voilée, il s'y trompe, il l'enlève,
» Et Fréderic me reste. » Oui, voilà le beau rêve
Dont votre esprit déçu savourait la douceur ;
Mais le réveil bientôt détruira votre erreur.
Fréderic au jardin va lui-même se rendre,
Et... si pourtant quelqu'un vient ici me surprendre .
Tout se découvrira. Pour lui mieux ressembler,

De ses habillemens tâchons de m'affubler.
Cette robe de chambre. . .
> (*Il la met et jette son habit dans la bibliothèque.*)
> Un fauteuil. (*Il s'assied*) A merveilles !
Cette position rend nos tailles pareilles.
Mais la figure. . . . Eh bien ! je suis au désespoir,
Et l'usage en pleurant, est d'avoir un mouchoir.
J'en couvre ma figure, et j'en ai plus de grace.
Non, jamais désespoir ne fut plus à sa place.
Le dos ainsi tourné, les lumières au fond,
Je me moque à présent de tous ceux qui viendront.

SCENE XII.

DUPRÉ, ANDRÉ.

ANDRÉ *dehors.*

Non, non, votre consigne, en gardant cette porte,
Messieurs, est d'empêcher seulement qu'on ne sorte.
Ainsi, je puis entrer.

DURAND.
> C'est André, plaçons-nous !

ANDRÉ.

Mon pauvre maître, hélas ! je tombe à vos genoux.
J'en ai bien mal agi, je suis un misérable ;
Mais, madame Verneuil est encor plus coupable.
Elle nous trompe tous. Elle n'a pas été
Au rendez-vous ; c'est Laure.

DURAND *feignant de pleurer.*
> Ah !

ANDRÉ.
> Qu'il est affecté !
Et votre cher Durand, cet ami si fidèle,
Dont vous étiez si sûr, vous souffle votre belle,
Et cela par ma faute. Oui, vous avez raison :
Battez-moi, tuez-moi, si vous le trouvez bon,
Je ne m'en plaindrai pas.

DURAND.
> Laisse-moi

ANDRÉ.
> La belle âme !

Il ne se fâche point.... Aimez une autre femme,
S'il faut un coup de main, mettez-moi du secret,
Et je réparerai tout le mal que j'ai fait.

DURAND.

Lève-toi.

ANDRÉ.

Quoi ! monsieur, vous m'accordez ma grâce ?

DURAND.

Oui.

ANDRÉ.

Pas un seul soufflet, une seule menace !...
Ah ! je sens que je suis un grand scélérat.

DURAND.

Oui.

ANDRÉ.

Tromper un maître ! ... Allons, prenez votre parti.

DURAND.

Oui.

ANDRÉ.

Suivez mes conseils. Epousez notre veuve,
De son amour pour vous, sa vengeance est la preuve.
Elle est encore jeune, et puis le bien qu'elle a
Est d'un certain poids.

DURAND.
Oui.

ANDRÉ.

Eh bien ! épousez-la

Par désespoir. Pourvu qu'elle soit votre femme,
Elle sera contente.

DURAND.
Oui.

ANDRÉ.

Car au fond de l'âme,

Elle ne veut, monsieur, que votre bonheur.

DURAND.

Oui.

ANDRÉ.

Quelqu'un vient.... Justement c'est elle.... Parlez-lui
Avec cette douceur qui vous caractérise....
La voici....

SCÈNE XIII.

Les précédens, Madame VERNEUIL.

Mde. VERNEUIL.
Fréderic, je ne suis pas surprise
Que Laure ait à vos yeux plus de charmes que moi,
Mais, deviez-vous ainsi tromper ma bonne foi ?
Séduire un jeune cœur, dont l'inexpérience
Devait vous inspirer....

ANDRÉ.
Monsieur, s'est fait d'avance,
Tous ces reproches-là.... Dans l'instant même encor,
Vous ne soupçonnez pas ce qu'il disait. D'abord....

Mde. VERNEUIL.
Finiras-tu bientôt ?

ANDRÉ.
Votre erreur est extrême.

Mde. VERNEUIL.
Mais n'aime-t-il pas Laure ?

ANDRÉ *l'interrompant.*
Eh ! non, c'est vous qu'il aime.

Mde. VERNEUIL.
Et pourtant il fuyait avec elle ; pourquoi ?
Est-ce pour me prouver l'amour qu'il a pour moi ?

ANDRÉ.
Non, c'était par pitié, par pure bonté d'ame.

Mde. VERNEUIL.
Comment ?

ANDRÉ.
Pour empêcher qu'elle ne fût la femme
De ce sot Léonard qu'elle ne peut souffrir ;
Et son dessein ensuite était de revenir...

Mde. VERNEUIL.
J'admire en vérité ma patience extrême
D'écouter... Frédéric, répondez-moi vous-même,
Vous aimez Laure ?...

DURAND *d'une voix étouffée.*
Non.

ANDRÉ.
Vous l'entendez ?

Mde. VERNEUIL.

André,

Ne me trompe pas ?

DURAND.

Non.

ANDRÉ.

Il est désespéré
D'avoir pu vous déplaire. Allons, de l'indulgence.

Mde. VERNEUIL.

Vous ne me voyez pas avec indifférence ?

DURAND.

Oh ! non...

ANDRÉ.

Pour l'enhardir et pour qu'il soit certain
Que vous lui pardonnez, donnez-lui votre main.
*(André met la main de Mde. Verneuil dans celle de
Durand, qui la baise avec transport et se jette à ses
pieds.)*
Tenez, voyez combien cette faveur le touche !...
On dirait que son ame a passé sur sa bouche ;
Cette main est l'objet de ses vœux les plus doux.

Mde. VERNEUIL.

Dois-je le croire ?...

DURAND.

Oh ! oui...

Mde VERNEUIL.

Hé bien ! elle est à vous.

ANDRÉ.

Vivat !

SCÈNE XIV *et dernière.*

ANDRÉ, DURAND, Mde. VERNEUIL, DUPRÉ,
FREDERIC *enveloppé d'un manteau* LAURE *voilée*
LÉONARD *un flambeau à la main.*

DUPRÉ.

Place !... voici nos fugitifs ; j'espère
Que je me suis montré ferme dans cette affaire.
(Montrant Frederic.)
Monsieur, quand j'ai parlé, n'a fait aucun éclat,
Et de fort bonne grace a signé le contrat.

Mde. VERNEUIL *riant.*

Ainsi monsieur Durand est le mari de Laure.

FRÉDERIC *se découvrant.*

Non, c'est moi.

(*Tous, excepté Durand et Laure.*)
Frédéric!...

ANDRÉ.

Quelques esprits encore
Qui s'en seront mêlés?

LÉONARD *à Fréderic.*

Vous êtes le mari?

FRÉDERIC *levant le voile de Laure.*

De Laure.

LÉONARD.

Ma future? Et moi, que suis-je ici?

DUPRÉ.

Par où diable êtes-vous sorti?.

FRÉDERIC *montrant la bibliothèque.*

Par cette issue.

ANDRÉ *montrant Durand.*

Quel est donc celui-là?   (*Durand se découvrant.*)

Mde. VERNEUIL.

Je reste confondue.

DURAND.

Pardonnez un détour qui nous rend tous heureux.
J'avais tout entendu, nous rusions tous les deux,
Le sort en ma faveur fait pencher la balance,
C'est qu'il nous destinait l'un à l'autre d'avance.

DUPRÉ.

Mais Fréderic n'a rien.

DURAND.

Je suis riche, et de plus
Ne comptez-vous pour rien les deux cent mille écus
Que madame Verneuil m'apporte en mariage?
Avec nos jeunes gens partageons l'héritage,
Madame, croyez-moi.

Mde. VERNEUIL.

Mais, monsieur, vous parlez
Comme si j'avais dit...

DURAND.

Eh! oui, vous le voulez,

Je le lis dans vos yeux

      Mde. VERNEUIL.

        Quoi !

      DURAND.

                Votre ame est trop bonne

Pour ne pas rendre heureux tout ce qui l'environne.

      Mde. VERNEUIL.

Laure, tu me trompais...

      LAURE.

              Oui, mais avec douleur ;

J'ai cent fois été prête à vous ouvrir mon cœur.

      LÉONARD.

Je m'embarrasse peu de tout ce verbiage,

Messieurs, je suis venu pour faire un mariage.

      FRÉDERIC.

Vous l'avez fait, mon cher, en servant de témoin ?

      LÉONARD.

De votre avis, mon cher, nous n'avons pas besoin.

      Mde. VERNEUIL.

Je vois qu'à Fréderic il faut que je renonce.

      DURAND.

Et moi ?...

      Mde. VERNEUIL.

      Le temps peut seul me dicter ma réponse,

Monsieur ; en attendant, restons toujours amis.

      DURAND.

Vous me laissez l'espoir... tous mes vœux sont remplis.

      LÉONARD.

Allons. j'ai fait vraiment un fort joli voyage,

Je suis venu là pour (*Il montre le flambeau.*) Peste du

    mariage. (*Il jette le flambeau à terre.*)

      ANDRÉ.

Vous voilà tous d'accord, graces à mon caquet...

Car en seriez-vous là, si j'eusse été discret ?

Mais je dirai toujours, n'en déplaise à ces Dames,

Qu'il faut être sorcier pour deviner les femmes.

     Fin du dernier Acte.